BBN
B●BOY NOVELS

獅子王の純愛

~Mr.シークレットフロア~

あさぎり夕
イラスト／剣　解

この物語はフィクションであり、実際の人物・団体・事件等とは、一切関係ありません。

CONTENTS

登場人物紹介

志摩創生 しま そうせい

クールな美貌をもつ、出版業界最大手・東王出版のやり手編集者。気が強く、思ったことは口にしてしまう。大人気作家である八神響の担当。作家としての顔も持っている。

アスラーン

アラブの王国・バハール首長国のアミール（皇太子）であり、いずれ獅子王となる男。傲慢で、欲しいものは全て自分のものにする。志摩をさらい、その腕の中で快楽に啼かせた。

八神 響 やがみ きょう

超売れっ子小説家。大ヒット作を次々に発表し続けている。気難しく傲慢で、自分の気に入らない編集者とは絶対に仕事をしない。

サイード

バハール首長国の第四王子。6歳になる息子・ナフルとともに来日。シークレットフロアに滞在している。日本人の恋人（男性）がいる。

獅子王の純愛

～Mr.シークレットフロア～

プロローグ

（なんで？　なんでこんなことに……？）

志摩創生《しまそうせい》は、ぐらぐらと揺れる頭の隅で考える。

異常な事態の連続で、思考はどんどん散漫になっている。

すでに、現実なのか夢なのかすら、定かではない。

何もかも曖昧《あいまい》な中で、ひとつだけ明確なものがあるとすれば、自分の尻に打ち込まれた男の一《いち》物《もつ》の、灼《や》けるような熱量が生み出す快感だけ。

肌をぴりぴりと粟立《あわだ》たせながら、全身に広がっていく官能だけ。

何がはじまりだったのか？　何が悪かったのか？

遠くで、誰かの声が聞こえる。

——よけいな老婆心は私の趣味ではないが、志摩君、きみの作品はたるいよ。

うんざりしたふうに、そう言ったのは誰だったか。

——編集として、常に自分が作家を諭《さと》してるだろうに。ちゃんと現地取材をするべきだと。

甘く掠れた美声がもったいないほどに、抑揚《よくよう》のない物言いをしたのは、志摩が担当しているミステリー作家の八神響《やがみきょう》だ。

志摩が出版業界最大手『東王出版《とうおう》』に就職し、最初に担当したのがデビュー直後の八神だったから、かれこれ六年のつきあいになるが、あまりに当然の忠告をくれた男の顔を思い出すだけで、胸がむかつく。

志摩に、担当編集としての名声をくれた男。

反面、天賦《てんぷ》の才で志摩のプライドを地べたに踏みつけにしてくれた男。

他人事には我関せずを貫いている八神からの珍しい忠言に、よけいなお世話だ、と内心で毒づきながらも、納得はした。

志摩が編集の仕事の傍《かたわ》ら、月嶋秀《つきしましゅう》というペンネームで小説家として、一歩を踏み出して一年ほどになる。先輩作家というだけでなく、色々とお世話になっている八神の助言には耳を傾けるべきだと。

――バハール首長国というのを知っているか？　湾岸の一国だが、いかにも古《いにしえ》のベドウィンが姿を現しそうな国だ。

そう言われて、似合わぬ取材旅行を計画してしまったのは、入社以来の有休が溜まりに溜まっていたからだけではない。八神の助言が間違ってはいなかったからだ。

――国情に不安を持つ必要はない。あの国は治安もいいし。

それに、八神はそう明言したのだ。

王族はみな親日家だと。めざましい経済発展を遂げてきた小さな島国である日本を、手本にしていると。第四王子を知っているから、紹介があれば絶対に妙なことにはならない——そう言ってくれたのに。

「ちく……しょうっ……！」

蔓草紋様《つるくさもんよう》で彩《いろど》られた天井を睨《にら》みながら、遠い日本で志摩が置かれている最悪の状況も知らず、今日も恋人との逢瀬《おうせ》を楽しんでいるだろう八神を思えば、殺意すら覚える。

「何を考えている？」

そのとき、唐突に、志摩の思考に割り込んできた声があった。

獣の唸《うな》りにも似たそれは、低く響いて、人の感情の琴線を擦っていくような、ゾッとする甘やかさを含んでいた。声が凶器になるとすれば、この男の声こそまさにそれだ。

鼓膜を震わせるたびに、耳から犯されていくような気さえする。

「いま、誰かの名を呼んだな？　私の腕の中で他の男のことを考えるとは、許せんな」

どうやら八神への罵《ののし》りが、知らずに口から漏れ出てしまったらしい。それにしてもこの男は耳がよすぎる。聴覚も視覚も鋭く、気配にも敏感なのは、砂漠に生きる者の必須条件なのだろうか。

「いまおまえが感じるべきは、これだ」

言って男は、ぐいと腰を大きく回す。

とたんに、自分の内部の鋭敏な場所を掻き回される感覚に、志摩は我に返る。

「あっ……、うぁぁ……!?」

それは苛烈《かれつ》な炎のように、尽きせぬ泉のように、一秒たりとも途絶《とだ》えることなく溢れてきては、志摩の全身を浸していく。鬱陶《うっとう》しいほどの恍惚《こうこつ》感に包まれながら、なぜこんなことになってしまったのか必死に探ろうとしても、記憶は曖昧になる一方だ。

「くくっ……、いいぞ、よく締まる尻だ。もっと早く男を試すのだった。——いや、それともおまえとの相性がいいのか？」

尊大な笑い声が、鼓膜に突き刺さる。

（相性がいい？　それはない、それだけは絶対ない！　俺はゲイじゃない！　男に掘られるのなんか、真っ平ごめんだ……！）

いくら心で叫んでも、勝手に揺れる腰が志摩の気持ちを裏切っている。

「好きなのだろう、こうして尻を犯されるのが。よくてよくて、たまらぬのだろう」

「くっ……ち、違うっ……俺は……」

「どこが違う？　こんなに尻を振って、私のものを締めつけて……」

鋭く突かれてはひくりと弾け、勢いよく抜かれては必死に追いすがる——身のうちを埋める熱塊の刺激を拾っては、あさましくうねる下腹部の反応を見れば、誰であろうと、悦《よろこ》んでいるとしか思えないだろう。

その証拠に、志摩の性器もまた、腹を打つほどにそそり勃ち、亀頭部を先走りの滴《しずく》で光らせているのだから。

「ふ……痛いほどに締めつけおって。アミールに対して無礼であろう。これは、少しお仕置きが必要だな」

くっ、と肉食獣のように凶悪に笑んだ男の顔が、生理的な涙に潤んだ目に映る。

やがては獅子王になるのだと豪語する男、バハール首長国の皇太子、アミール・アスラーンは、自らの言《げん》を翻《ひるがえ》すことはない。

「さあ、これが獅子王の味だ。たっぷりと味わうがいい……！」

肩にかけていた志摩の両足首を握るなり、それ以上できないほどに大きく割り開き、尻の狭間《はざま》に突き刺さった一物を、これでもかというほどの激しさで抜き差しさせる。

「ぐ……、う、あぁぁ――……!?」

奇妙にひしゃげた嬌声《きょうせい》が、志摩の喉を引きつらせて、ほとばしり出る。

もう、いつ突いたのか引いたのかもわからない。

ぱんぱん、と肉打つ響きに合わせて敏感な粘膜をすさまじい勢いで擦られる感覚だけが、志摩の体内に無慈悲なほどに官能的な熱をばら撒いていく。

「や、やめっ……、ひ、いっ……!?」

浮き上がった尻が、みっともないほど揺れている。

男を呑み込んだ襞《ひだ》は、容赦のない刺激にひくひくと痙攣《けいれん》している。抽送《ちゅうそう》のたびに溢れていく、どちらのものともわからぬ体液で、交合部も内腿も女のようにぐっしょりと濡れ光っている。

「あ、あうっ！　や、やめっ……う、動くなぁっ……！　あっ、ああっ……!?」

「はあっ……いいぞ。もっと締めろ！」

ずん、と鋭く深部を穿《うが》たれて、志摩の細腰がシーツの上でぴちぴちと跳ねる。

「ぎゃ、あぁぁ――……！」

「奥がいいか。そら、これではどうだ？」

並みの大きさではないそれを、根元までいっぱいに入れたまま、獅子王を名乗る男は、腰をぐりぐりと回転させる。

「……ぐ、ううっ……!?」

あまりの圧迫感に息すら止まりそうになるのに、内部はそれがいいとばかりに巨大な一物に絡みついていく。

「ヒッ！　やめっ……！　さ、裂けるっ……」

「そうか、裂けるほどに乱暴にされるのが好きか。では、もっとやってやる」

あらがうだけひどいことをされるのに、恐慌状態に陥《おちい》った志摩は、『いやだ』と『やめろ』と、掠れた悲鳴を発し続ける。

長衣《トーブ》を閃かせながら腰を振る男の、こんなときにでも威風堂々たる姿が、みっともなく開かれた両脚のあいだに揺れる。

陽に焼けた肌から弾け飛ぶ汗の粒のひとつひとつまで真珠のように煌《きら》めかせ、傲然とそこにある、アミール・アスラーン。

砂漠に生きる男が持ちえる、獲物を狙う肉食獣のごとき双眸《そうぼう》は、満足の笑みに輝き、快感に溺《おぼ》れる志摩の姿を楽しんでいる。

不思議な色だ。深みのある琥珀《こはく》色かと思っていたのに、この不埒《ふらち》な行状がはじまってからは、それは黄金《きん》色に輝いている。

豪奢《ごうしゃ》な寝室に灯《とも》った蠟燭《ろうそく》の光を弾いて揺れる、妖しいまでの欲情の色。

（……な……、なぜ、こんな……!?）

どうして自分がこんなめに、と何度考えてもわからない。

文字どおり四方を砂漠に囲まれたオアシスの宮殿で、時間を遡《さかのぼ》ったかのようなアラビアンナイトの世界で、王者の名に恥じぬ男になぜ抱かれているのか。

「もっと鳴け……。この淫売めが！」

どうしてこんな侮蔑《ぶべつ》を向けられるのか。

どうしてこんな非道なあつかいを受けるのか。

そんな俺を、どうしてアスラーンは、嘲笑《あざわら》っているのか。

「さあ、そろそろ出してやろう。淫売にふさわしく、その端整な顔にかけてやろうか？　それとも中に欲しいか？」

抽送は、際限なく速まっていく。

最奥《さいおう》を抉《えぐ》り、粘膜を擦り、どくどくと遠慮なく志摩の深部を突き上げる。

無謀な侵入者でしかないそれを、だが、擦られ続けた内壁は、もはや全面降参するしかないと、受け入れてしまっている。

ざわざわと胸を喘がせながら追っているのは、紛れもなく快感でしかない。

（う、うそだ！　アナルセックスでこんなっ……!?）

そんなことで感じるはずはないと、そんな趣味などないはずだと、どれだけ必死に思おうとしても、身体が簡単に溺れていく。

そして絶頂の瞬間、どっと放たれた精の、ぬるつく熱さを、志摩はあさましい痙攣を続ける身のうちの深くで味わっていた。

（お、俺が……何をっ――……!?）

どろり、と官能にとけた頭の隅で、記憶のかけらが最後の問いを投げかけた。

1

出版業界最大手『東王出版』の編集者である志摩創生は、その日もミステリー作家、八神響の仕事場を訪れていた。

「よけいな老婆心など私の趣味ではないが、志摩君、きみの作品はたるいよ」

打合せがひととおり終わったあと、そう切り出したのは、珍しくも八神だった。

「どんなにアイデアを捻《ひね》っても、さきが読めるんだ。登場人物の心理が単調というか、せっかくのプロットがもったいない。それに感情面が弱い。情緒欠陥は作家にとって重大な欠損だよ」

それは、志摩のデビュー作、『エンジェルラダー』への感想だった。

一年も経《た》ってからとは、ずいぶん呑気《のんき》なことで、と思いはしたが、ようは志摩が次の作品の準備をしているゆえの、忠告だったようだ。

累計五百万部の大ヒット作『ナイトシリーズ』を生み続けている男の言でもあるし、その上、八神が言うところの、もったいないプロット自体が彼のものなのだから。

なぜこの世には才能を持つ者と、それを見極める力だけを与えられる者がいるのか、理由は神しか知らないが、志摩は明らかに後者だった。見る目だけはあって、まさに編集となるべく生まれた男だが、文学少年だったころの夢は、違っていた。

――いつか俺も作家になるんだ。

純粋にそう願っていた少年時代もあったのに、それに見あうだけの才能が、残念ながら志摩にはなかった。

ある意味、賢さが仇《あだ》になった。

利口すぎるがゆえに、早くから自分の限界を見定めてしまったのだ。

大会社の常務を父親に持ち、自らＰＴＡの会長を引き受けるような母親を持ち、ふたりの兄はともに優良企業に就職し、誰からも羨《うらや》まれる家庭で育った彼には、知らずに身についてしまった常識という枷《かせ》があった。

そのせいだろう、大胆な発想力、度肝を抜く展開、思いもよらぬどんでん返し――ミステリーには絶対不可欠なそれらが、志摩の作品にはなかった。

どれほど新たな刺激を見つけようとしても、長年つちかった彼の良識が邪魔をする。

それがために、他人を驚愕させる展開を生み出せないのなら、苦手な部分を借りてくればいいのだ。たとえ悪魔の力を借りようとも、欲しいものを手に入れる。

その悪魔は目の前にいる。

八神響という、自分と同い歳の男の顔をしている。

多くの作家がただひとつのアイデアのためにのたうち回っているのに、八神はそれとは意識せずに、ぽろぽろと斬新なものを生み出せるのだ。

どうしてそんなことができるのか、何度も考えた。

考えて考えて、そして理不尽ながら認めた。

ようは八神は無欲なのだ。凡人が欲しがるようなものには、いっさい興味がない。

父親は『白波瀬《しらはせ》ホテルグループ』の会長、母親は世界的に活躍するピアニスト、そのふたりから財と才能を受け継いで——あらゆるものをその手のひらに握って、生まれてきた男。

だが、些細な怪我で音楽への道を絶たれたあと、八神はこの世のすべてに興味を失った。

失ったからこそ、他人の生きざまを客観的に見られるのだ。少しも世界を愛していないから、どれほど残忍で突飛《とっぴ》な方法でも閃くのだ。

ずっとそう思っていた。

だが、それも違った。

いまの八神には、作品を書くより大事な恋人がいる。

相葉《あいば》卓斗《たくと》という、同性という禁忌《きんき》はあるが、唯一無二の相手を手に入れた。

なのに、彼の才能は尽きない。それどころか、恋を知ったぶんだけ新たな作風を開花させた。

八神は本物だった、紛れもなく。

神に選ばれた、ほんの一握りの芸術家——そういう人間もいるのだ。信じられないことに。

だから、もう八神に対抗しようとは思わない。

決して越えることのできない壁ならば、利用するだけ利用すると決めた。

少しでも気に入らなければ、八神は簡単にプロットを没《ぼつ》にする。志摩があっと驚くようなアイデアであろうと、好みではないというそれだけでゴミ箱いきにしてしまう。そして、捨てた作品には見向きもしない。だから、もらってやる。

そうして、八神が捨てたプロットをもとにして、志摩は小説家としてデビューしたのだ。

月嶋秀というペンネームで。

デビュー作の『エンジェルラダー』は無名新人のハードカバーものだったが、八神響が当時連載を開始していた『青《あお》の静寂《せいじゃく》』と類似点が多いことも手伝って、ネット上でも物議をかもし、そこそこに売れた。

とはいえ、作家に重要なのは、二作目以降だ。

八神は腐るほどのプロットを持っていて、それをまるで野良猫に餌でも与えるように、ぽいと放り投げてくる。だが、アイデアだけではだめなのだ。

一作目は話題で売れた。二作目ともなれば、真の力量が試される。

それがプレッシャーになっているわけじゃない、と空とぼけるには、志摩は自分を知りすぎていた。実のところ、あまり筆は進んでいなかった。

言葉の端々《はしばし》に、意識もせずに何か助言が欲しいという態度が出るのだろう。

「しょせんきみは凡人なんだから、高望みせずに、気楽に書けばいいものを。どうも他人の評価ばかりを気にしすぎる」

八神は決してお節介な男ではない。

担当としての志摩は必要だが、作家としては意識の外の存在だろう。

まだまだ二流どころか、自分で考えもしないのだから。それでもいらぬお世話をしているのは、編集としての仕事にまで影響が出はじめそうだったからにすぎない。

「同じネタでも、料理のしようによっていくらでも違ったものになる。きみは読者に媚びすぎて、いちばん退屈な方法を選んでいる。まず人間を書きたまえ、もっとちゃんと」

人間嫌いを自負している男が、よくも言ってくれる。

とはいえ、社会性皆無男のわりに、八神は実に心理描写が巧みだ。

特に、追い詰められた人間が究極の選択を迫られたときの、恐怖に怯えながらも生きようとあがくさまの描き方など、秀逸だ。

だからこそその、ミリオン作家なのだが。

それに比べて、志摩の作品は、いかにも上手に作っています、という感が拭えない。

「まずは、自分を解放することからはじめたらどうだ。——ゆったりと穏やかに、古代の時を刻んでいるような国で、たっぷりと情緒に浸ってくるとか」

「情緒ですか……、たとえば？」

「ネタがアラブの秘宝物なのだから、実際に舞台の国を訪ねるべきじゃないか」

今書いている作品に、古代の呪われた秘宝云々《うんぬん》の謎が出てくるのだが、どこかで見たゲームのような、お軽いノリになってしまうと悩んでいたところだった。

なまじロールプレイングゲームで育った世代が読者だから、書き方を間違えると、媚びばかりが目立ってしまう。

「本物を見てこいってことですか？」

「編集として、常に自分が作家を諭してるだろうに。ちゃんと現地取材をするべきだと」

「立場が逆ですが、ご意見は、ありがたく承《うけたまわ》っておきますよ」

返しながら志摩は、くいとフレームレスの眼鏡を上げる。

視力は裸眼で運転免許がとれるほどにはあるのだが、文字をあつかうがゆえに、仕事中は眼鏡をかけている。知的に見えるというメリットもある。だが、そうやって志摩が繕っている理想的編集の仮面も、八神には興味の範《はん》ちゅう外だろう。

本質にしか興味がない、それが八神響だ。

「きみ、バハール首長国というのを知っているか？　湾岸の一国だが、いかにも古のベドウィンが姿を現しそうな国だ。そこの第四王子が、このフロアの一角に滞在している。名目は大使館なのだがね」

八神が仕事場にしているこの部屋は、彼の兄、白波瀬鷹《たか》が経営する『グランドオーシャンシップ東京』でも、最上級のＶＩＰ専用のシークレットフロアだった。完璧なセキュリティを備え、世界的大企業家、ハリウッドスター、海外の要人などに最高のサービスを提供する場だ。

二十四時間警備の直通エレベーターでしか行くことはできないから、一般客は足を踏み入れることさえかなわない。

窓の外に目をやれば、夏空の下に輝く新宿《しんじゅく》の超高層ビル街までを、一望することができる。

もともとはブラコンの鷹が、色々と面倒な資質を持っている弟のためにと造り上げたフロアで、それが商売になってしまうのだから、力と金はあるところに集まるという典型だな、と志摩は常から苦々しく思っていた。

「一泊二百万のVIPルームを、大使館にしてるんですか？　それはまた贅沢《ぜいたく》な」

その上、このフロアを使うVIPも、他人を卑屈《ひくつ》にさせるような連中ばかりだ。

「実際には年契約らしいがね。日本政府絡みの依頼だから、断れまいよ」

「日本政府ときましたか。さすが『白波瀬ホテルグループ』だ。レベルが違いますね」

「相手はオイルマネーだ。無下《むげ》にはできまいよ。駐日大使のアミール・サイードなら、私も顔見知りだ。なんなら紹介しようか」

八神は簡単に言うが、行くさきが湾岸の国となると少々不安になる。

クールな容貌とフレームレスの眼鏡のせいで冷静沈着に見えるが、志摩創生という男は存外臆病だった。だからこそ、恥をかくのがいやで物書きの道を一度は断念したのだし、そんな自分の凡庸《ぼんよう》な部分も認識している。

編集として見識も磨いたから、湾岸諸国の諸事情もそこそこに知ってはいる。

遠くから、不思議世界へのあこがれを込めて見ているだけならともかく、そこに足を踏み入れようとは思いもしなかった。

「けど、どうせオイルマネーで超高層ビルを林立させているんでしょ」

何やら理由を探して、逃げようとしているのが、卑屈なほど自分でもわかる。

「いや。あそこは高層ビルの階数や外観に、建築制限を設《もう》けてるんだ。周囲の街並みに馴染《なじ》むように、厳密な審査が行われる」

「へえー」

「西洋かぶれの街より、伝統を重んじようというのが国王《スルターン》の方針だ」

「スルターンですか。古風なことで」

「オアシス都市と宮殿《カスル》は、世界文化遺産だ。直行便はないが、ドバイ経由で風景を堪能《たんのう》しながらドライブでも楽しむといい。ウチの系列ホテルもあるし、兄に頼んで手配してやってもいいが。国情に不安を持つ必要はない。あの国は治安もいいし」

「おやおや、雪でも降りそうなご親切ぶりですね」

「私だって担当の心配はするよ。鏡を見てみたまえ。せっかくの男前が台無しだぞ」

言われなくても、疲労が溜まっているのは自覚していた。

世間が正月だの連休だのと浮かれているときほど忙しいのが作家業である。担当が呑気に休んでいられるかと、有休は溜まるばかりだ。

（まあ、いいかもしれない。たまには気晴らしも。――どうせ日本にいても暑いのは同じだし。今年は、例年以上の猛暑だっていうし）

ほんの気まぐれに、ちらと思ったのが、志摩創生、三十歳の運の尽きだった。

めったにない人物の、めったにない厚意は、めったにない出来事の引き金になる、その教訓をたっぷり思い知らされることになるのだった。

成田《なりた》を発《た》って、十一時間半のフライトを、志摩は寝てすごした。

着陸間近に空から見下ろしたドバイは、海岸沿いに天を突く超高層ビルが建ち並ぶ、すばらしい近未来的都市だった。

南国の陽射しに照り映《は》える百階建て以上のタワービルが林立し、椰子《やし》の街路樹の下をアラブ特有の民族衣装の人々が行き交うさまは、なかなか不思議な眺めではある。

世界一高い高層ビルであるブルジュ・ハリファや、広大なメトロやモールにも行ってみた。

確かに全自動運転システムのメトロは、B級のSF映画に出てくるスペースコロニーよりよほど未来的な空間だったが、あまりに人工的で、志摩が求めていた異国情緒とは違いすぎた。

これを文章にしたら、もっと現実味がなくなるぞ、と苦笑を隠せない。

それでも、わざわざ足を運んだからには元をとらねばと、ホテルが用意してくれたリムジンに乗り込み、陸路でバハール首長国へと向かう。

　国境を越えたとたん風景が一変した。

　眼鏡代わりのサングラス越しに見渡すかぎりあるのは、海岸沿いに広がる砂漠と、ぽつぽつと生えた椰子の木だけ。人工物となれば、延々と続く一本の道のみ。

「これがバハールか。見事に何もないな」

　それが砂漠本来の姿なのだろうが、観光立国としてとことん造り上げられた国を見てきたあげくだと、その何もなさがかえって新鮮に目に映る。

　陽炎《かげろう》揺れる砂丘の上に、ぽつんと小さなシミのような影が見えた。

　車が近づいていくにしたがって騎乗した男だとわかる。ラクダではないのが惜しいところだが、栗毛のアラブ馬というのもなかなか美しいものだ。

　何よりまっ白な長衣《トーブ》と被り布《クフィーヤ》、そして黒い上着《ビシュト》をマントのようになびかせ、腰紐にはアラブの短刀のジャンビーヤを挟み、肩に猛禽《もうきん》の類の鳥を止まらせている図は、まさに砂漠の民といった風情《ふぜい》。

　さらに近づくと、背後に仲間らしき人影が見えはじめる。それがじょじょに増えて、三十人はいようかという集団になる。

（なんだ、映画のロケか何かか？）

最初に目に入った、やけに立派な金刺繍《きんししゅう》の縁取りの上着《ビシュト》をまとった男が、おもむろに弓張り月を思わせる湾刀《ジャンビーヤ》を引き抜いて、高々と掲げる。

同時に肩に止まっていた、隼《はやぶさ》らしき鳥が空を舞う。

それを合図に、周囲の男たちがいっせいに馬を走らせた。志摩の乗るリムジンに向かって、まさに獲物に飛びかかる盗賊のごとく、それぞれに腰に差した湾刀やピストルを抜きながら。

「ま、待てよ、確か治安はいいはず……」

唖然《あぜん》とつぶやいているうちに、一見映画ロケ風盗賊団は、急ブレーキをかけて停まったリムジンを、とり囲んでいた。

（な、なんで停まる!?　二百キロくらい飛ばして逃げ出せよ、おい！）

馬は車には追いつけない。どんなに優れたアラブ馬でも、五分も走れば息切れするんだからとにかく逃げろ！　と思っているうちにも、手に手に剣や銃を持った男たちが、何か喚《わめ》きながら運転席に迫っていく。

「ひぃぃー……！」

情けない悲鳴をあげた運転手が、何事か叫びながらボタンひとつで後部のドアを開けたのだ。

冷房の利きすぎた車内に、いきなり砂漠の熱風が吹き込んできた。

そして、志摩は見た。

額に白い十字の模様のあるアラブ馬に跨《またが》った、首領らしき男の、尊大な顔を。

クフィーヤの影が色濃く差した面《おもて》に、鋭く光る眼光。名工の手になる彫刻のように高い鼻梁《びりょう》。傲慢《ごうまん》な物言いが似合いそうな肉厚の唇が、くっと凶悪な笑みを刻む。

その瞬間、わかった。

漠然《ばくぜん》とだが、物書きの本能が彼に告げた。

（これは……本物だ……！）

何が？　と訊《き》かれてもわからない。だが、正真正銘の王者だとわかった。

目を奪われるような覇気を全身に漲《みなぎ》らせた、まさに砂漠の男を体現したような存在が、低く響く声音で命じる。

「出ろ、日本人」

明確な日本語で告げられたそれが、志摩創生の悲喜劇のはじまりだった。


何がおこったのかわけもわからぬまま、志摩は両手を金の手錠で縛《いまし》められ、首領らしき男の馬に乗せられて、砂漠の中をひた走っていた。

サングラスは奪われてしまい、裸眼に真昼の太陽がひどく眩《まぶ》しい。

どこに連れていかれるのか、どんなめにあわされるのか、想像もつかない。

ひとつだけ望みがあるとすれば、運転手はリムジンとともに残されたから、すぐに警察なりに連絡がいくだろうということだ。治安のよさを誇るなら、すぐにも非常線を張って、検問所が設けられるはず、と思ったあたりでいやな予感に襲われる。

(検問……って、どこに……?)

前後左右どこを見ても道などない。延々と砂漠が続いているだけの場所を、どうやって封鎖して、探すのか。

熱波で陽炎が揺れる砂の海が見えるばかりのせいか、現実感がやけに薄い。

盗賊らしき男たちも乱暴するでもなく、ただ志摩をどこかに連れ去ろうとしているだけだ。まるで映画のワンシーンでも演じているかのような作りものめいた感覚の中、ぎらつく陽光がもたらす喉の渇きと、背後の男の気配だけが、やけにリアルに伝わってくる。

馬から落ちまいと、ぴったりと男に寄りかかっているから、耳朶《じだ》に熱い吐息が触れる。背中にドクドクと鼓動が響く。そのどちらもこの状況下にあって、乱れもない。

穏やかなのに力強い、鋼《はがね》のような男。

日本人の中でも小柄ではない志摩を、軽々と支える男の身長は、優に一九〇センチを越えているだろう。そして、全身がしなやかな筋肉に覆われている。

鞭《むち》を振るうたびに、「ハッ!」と聞こえるかけ声の弦を弾くような低音が、ゾッと肌を戦慄《わなな》かせる。何もかもがうそ臭い中で、背後の男の存在だけが絶対の真実に感じられてくる。

たぶん、この男の一存で自分の運命は決まるのだ。何が待ち受けているのかひとつもわからず、それでも、すがれる者は背後の男しかないことだけはわかる。

どれだけ走ったか——小高い砂丘をひとつ越えたとき、唐突に志摩の目に飛び込んできたのは、オアシスだった。

「見よ。ジャンナ・アル・カスル——我が天上の宮殿だ」

男が鞭を持つ右手を差し出して、告げる。

涼しげな樹林の向こうに、天を目指して林立する尖塔《ミナレット》に囲まれた、白い外壁と巨大なドーム型の屋根を持つ宮殿が見える。

「……すごい……」

思わず、つぶやきが漏れる。

なんという風景。一面、黄土色の砂漠の中、オアシスの緑にさえ驚くのに、中空に浮かぶがごとき半円形の屋根の、蒼穹《そうきゅう》よりさらに鮮やかな青の眩しさはどうだ。

道に迷った者たちを導くように、命の存在を感じさせて建つ、天上の宮殿《ジャンナ・アル・カスル》。

「入れ、客人」

軽々と志摩を馬から降ろした男が、客人というイヤミな言いざまで中へと促す。

しぶしぶ一歩を踏み入れたとたん、視界を満たしたのは、色鮮やかな紋様と彫像の数々だった。

志摩は、あっ、と声なき声をあげた。

床には切子細工《きりこざいく》を思わせるモザイクタイルがびっしりと敷き詰められ、延々と立ち並ぶ円柱には、精緻《せいち》な浮き彫りが施されている。

偶像崇拝が許されていないせいか人物像はないが、その代わりに、翼や角の生えた想像上の動物が生き生きと躍っている。

そして、これぞまさにアラブの真骨頂《しんこっちょう》の草花紋様が、くねり、渦巻き、絡みあい、執拗《しつよう》なほどの反復を四方八方へ繰り返しながら、壁いっぱいを埋め尽くしている。

上を仰げば、蜂の巣天井《ハニカム・ヴォールト》とも表現される、鍾乳洞を思わせるムカルナスの丸天井の偉容が広がっている。刻まれた幾何学装飾は同じモチーフを使いながらも、緻密な計算によってドームの中心に向かって収束していく。

あんぐりと口も目も開けたまま、志摩は硬直したように立ち尽くす。

それを創り上げた者たちの鍛錬《たんれん》を宿して、ひしめきあう紋様の循環に、目眩《めまい》がしそうだ。

青と白の明確な対比を基調とし、素っ気ないほどにシンプルだった外観とは打って変わり、さまざまな色と形と素材のありったけを投げ込んだ内部の造形のすさまじさに、この民族はどれだけ根気がいいのかと、ただ呆然《ぼうぜん》と見上げるしかできない。

「いつまで見物しているのだ？」

鷹揚《おうよう》にかけられた声に、志摩はようやく我に返って、視線を戻す。

「す、すごい……！」

さっきからそれしか出ない。物書き失格のような、あまりに簡潔すぎる単語。

「あとでたっぷり見るがいい。だが、客人、いまは私の部屋へ同行願おう」

気がつくと、ぞろぞろと従っていたはずの集団は姿を消し、黒の背広にサングラスをかけた男がひとり立っていた。頭にクフィーヤを被っているが、いかにもセキュリティ・ポリス――いわゆるSPのような男が、金の鍵で志摩の両手首を捕《と》らえていた手錠を外してくれる。

そのまま顎《あご》をしゃくって、首領らしき男のあとについていくようにと無言で威圧してくる。

どう見ても客人あつかいとは思えないが、少なくとも奴隷市で売られるなんて、途方もない展開だけは回避できそうだ。

手首をさすりながら通された部屋は、これまたすばらしく豪華な紋様と、歴史を感じさせる調度品で彩られていた。

首領らしき男がビシュトをゆるりと閃かせて、天蓋《てんがい》つきの長椅子に腰掛ける。

その前に立たされて、志摩は何がはじまるのかと緊張に息を呑む。ひりつくほど渇いた喉が、ごくりと怯えた音を立てる。

「さて、お客人、盗賊にさらわれる気分はどうだった？　楽しんでいただけたか？」

円筒形のクッションに肘をつきながら、男は鷹揚に問いかけてくる。

「弟のサイードから、お客人に古き良きアラブの雰囲気が満喫できる趣向を、と頼まれた。だが、アラブといえば『アラビアのロレンス』しか知らぬ者が多くてな。日本にすでに侍《さむらい》がいないように、こちらにも盗賊集団などいはしないのだが」

「……は……？」

「だが、まあ、今回は特別だ。スリルは味わえたと思うが、いかがかな？」

そしてようやく志摩は、現実味のなかったいままでの出来事が、本当にただの芝居だと気づいたのだ。観光客向けの少々危険なアトラクションだったのだと。

「じょ、冗談じゃないっ！　誰が、あんな悪趣味なこと、頼んだよっ！」

怒鳴った瞬間、ぐいと痛いほどにSPの男に肩をつかまれた。

「失礼のなきよう。このお方は、バハール首長国第一王子アスラーン・イブン・ナジャー・イブン・ファリド・アル＝カマル殿下であらせられる」

「第一王子って、皇太子……？」

あれだけ志摩をビビらせてくれた当のアスラーン殿下とやらは、長すぎる脚をもてあますように投げ出して、ベッドと見まごうほどに巨大な寝椅子に座している。

いや、寝そべっているというほうが正確だろう。そばに置かれた銀の器に山と盛られた果物から、光り輝く葡萄《ぶどう》の房をとって、悠然と口に運んでいく。

「私は偉大なるスルターン・ナジャーの子、アミール・アスラーンだ。貴様《きさま》は、志摩創生で間違いないな」

「ま、間違いないけど……でも、誰もあんなクソ芝居は要求してないっ！」

「あれは私の厚意だ。アミール自らの歓迎に感謝もせぬのか、日本人は」

日本にすでに侍はいないと知ってるくせに、言葉遣いが時代劇なのはなぜ？　と憤《いきどお》りのあまり、どうでもいいような疑問ばかり湧き上がってくる。

「感謝って、こっちは殺されるかと思ったんだぞ！　人を驚かせておいて、なんだよ、その呑気な態度……」

志摩の批判を、アミール・アスラーンとやらは、途中で遮る。

「なるほど。芝居では満足せぬか。ならば、いまからでも殺してやろうか？　それとも奴隷市で売られたいか？」

心まで射貫《いぬ》く獅子の双眸で、低く響く王者の声で、イヤミたっぷりの物言いで。

「――……!?」

瞬間、ヤバイ、と志摩の中で、何かが危険信号を発した。

この男はヤバイ、と。

確か、バハール首長国の皇太子は三十五歳、勇壮で寛大なアミールだと、ホームページでは褒めちぎっていたのに。看板に偽りありすぎだろうと文句のひとつも言いたくなるが、そこは人を見る目には長《た》けた編集者であるから、すぐさま頭を切り替える。

「や、ちょっと驚いただけで。確かに悠久の昔の雰囲気は味わえたかと……」

「そうか。私の歓迎が気に入ったか。――では、しばしこの宮殿で我が国の歴史を学ぶがいい。

ハミドを案内役に使わせよう。私同様、日本語が堪能ゆえ」

いくら堪能だろうと、イマドキの若者は使いそうもない古風な言い回しで、尊大に話を終えた皇太子は、あとは興味もないとばかりに、犬でも追い払うようにしっしっと手を振って、志摩を下がらせる。

ハミドというSPに案内された豪奢な客室には、リムジンに置いてきたはずの荷物がすでに届けられていた。

「何が、学ぶがいい、だ。こんな国に誰がいるか。帰る！　すぐさま帰る！　ハミドさんだっけ、帰国の手配をしてくれよ」

だが、その言いぶんは、ハミドのサングラスの下の冷徹な視線に一蹴された。

「アスラーン殿下のご厚意であられる。殿下が滞在をご希望されたのに、その場で帰るのは非礼にあたろう。最悪、外交問題にも発展しかねないと心得られよ」

「な、何ぃ……!?」

突然、自分とはかけ離れすぎた言葉を突きつけられて、志摩は両眼を啞然と見開いた。

「外交問題、って……?」

「日本がこの国から、毎年どれだけの石油を輸入しているか、お考えなさい」

「そ、そんなの俺に関係あるかよ！　だいたい、芝居は終わりなんだろう！」

「せめて夕食までおられよ。どのみち明日になれば、あの方も、あなたのことなど忘れましょう。

それほどお暇な方ではない」

「じゅうぶんお暇そうですけどね。盗賊の首領を演じるくらいだから」

「人間ならば誰でも、たまには羽目を外すものです。――では、ゆるりとお待ちください。お暇なら、お仕事でもなさってはいかがですか？」

「仕事って……俺、パソコンでないと書けないんだけどね。ここって、電気すら通ってなさそうじゃないか」

「雰囲気重視でランプなども飾ってありますが、電気もガスも地下ケーブルで引いてあります。むろんパソコンも使えます」

「じゃあ、電話やネットは？　携帯は……衛星のでないと無理そうだな」

「近くに基地局はありませんので。――ネットができるパソコンは、陛下のお仕事用のみです。ご不便かと思いますが、一晩だけのことですので、ご辛抱ください」

「辛抱？　こんな砂漠しかない場所で、もう一時間だって、辛抱できないよ、俺は！」

「日本ではできない経験をなさったのですから、それをお書きになればよいのでは？」

それだけ言って、ハミドは下がる。

「ちくしょう！　したり顔でっ……！」

物書きならば、望まぬ経験だろうと糧《かて》にすべき、と言われたようで、癪《しゃく》に障《さわ》る。

とてもじゃないが、さきほどの経験を作品に活かす気にはなれない。

「確かに、羽目を外すやつは多いけど、盗賊をやって、人をさらって、無理やり晩餐につきあわせる——そんな羽目の外し方をするやつは、そうはいないぞ」

苛々《いらいら》と窓から外を見れば、すでに黄昏《たそがれ》の色が広がっている。

昼間は黄色と青しかなかった風景が、まっ赤に染まっているさまに、志摩は思わず感嘆の吐息を漏らして、見入っていた。

遙かかなたの砂丘の上に、ラクダの隊商《キャラバン》の影が揺れている。

「あれも、観光客サービスのひとつか？」

昔、聞いた童謡を思い出して、ふと懐かしいような気持ちになる。

もう何年も、沈んでいく夕陽をゆっくりと眺めた記憶がない。

日本にいれば、通勤電車の窓越しに、夕陽に映える富士山のシルエットを見つけたとしても、駅についた瞬間に忘れてしまうだろう。

「——まあ、確かに、眺めはいいな」

一晩くらい世話になるか、と思ってしまった時点で、志摩の運命は最悪へと向かって転がり落ちていたのだ。

2

——その夜、志摩は、皇太子アスラーンや妾妃たちとともに、夕餉《ゆうげ》の席にいた。

絨毯《じゅうたん》の上には、平べったいアラビアパンのホブス、香辛料の利いた煮込み料理の数々や、串刺しのケバブなどが並べられている。戒律《かいりつ》で禁止されているから、酒の類がないのが、ワイン通の志摩的には不満だった。

アスラーンは円筒形肘置き《ボルスター》に寄りかかり、侍《はべ》らせた妾妃たちと談笑しながら、右手だけで器用に食事をとっている。

私室のせいか、妾妃たちも顔を隠すことなく、色鮮やかな民族衣装のジュバをまとっている。化粧を施された目元は鋭い印象で、まるでライバルでも見るような視線を、同席している志摩に向けてくる。

それに対して、アスラーンといえば、妾妃たちの腰を抱いたり、耳朶に唇を寄せて内緒話をしたりと、楽しげにすごしているが、志摩の存在はまったく無視だ。

(用がないなら、帰してくれよ)

日本人など端《はな》からバカにしきっているのに、弟の頼みだからとしかたなく、形だけ歓迎するふりをしているのだろう。

「アスラーン皇太子殿下。で、俺は何を学べばいいんですか？　妾妃の抱き方？」

イヤミをくれてやっても視線すら向けてこない。邪魔者を払い除けるように言う。

「堅苦しさはいらぬ。アスラーンでも、殿下でも、アミールでも、好きなように呼べ。しょせん日本語の訳の問題にすぎん」

「へえー、いいんですか？」

「どのみち日本の観光客の無知さは承知で引き受けたこと。少々の無礼は許してやる。これがバハールの器量と思え」

（なぁーにが器量だ。偉そうに……）

志摩はケッと内心で毒づいた。

自分が偉くて当然と信じ込んでいる根っからの横暴男は、志摩のもっとも嫌いなタイプだ。

その筆頭である八神を認めているのは、天賦の才があるからこそで。

それを王族か何か知らないが、財産も権力も豪華絢爛《ごうかけんらん》な宮殿も、皇太子の名前でさえ自分で手に入れたものではない。

祖先から受け継いだものの上に鎮座《ちんざ》ましましているだけのご身分の男が、ほんの余興にと盗賊ごっこなど演じてくれて、死ぬほど仰天《ぎょうてん》させてくれたのだ、はんぱでなく腹が立つ。

とはいえ、立場が逆なら、同じようにふんぞり返るくせに、他人様の幸運が許せないというあたりが志摩の俗物たるゆえんで、それを隠しきれないところが、凡人の哀しさだった。

「アスラーンの意味は、確か……？」

ふと思いついて、志摩は問う。

「獅子だ。やがて父の跡を継げば、獅子王と呼ばれることになるだろう」

「けど、アラビア語で獅子は、アサドだったかと。アスラーンは……ペルシャ語かな？」

考えながらつぶやく志摩に、アスラーンはようやく少し興味を覚えたかのように、ちらと視線を流してきた。

「ほう、少しはものを知っているようだな。――そう、アスラーンはオスマン帝国時代の名残だ。我らアル＝カマル一族は、太古よりこの地に住んでいる。どの民族より早く、誰よりもさきに。ゆえに、その後のバハールの歴史が、言葉のひとつにまで染み込んでいるのだ」

「へえー？」

もっとも古い民族か、と志摩は考える。

「それって……ペルシャやオスマン帝国に征服されたってことですよね。かつての支配者たちの言葉の名残を、ありがたがって名前につけてるってことですか」

志摩は仕事以外では、あまり体裁《ていさい》を気にしない。

私的な時間にまで繕っていると肩が凝《こ》るとばかりに、本性を出しまくる。

旅の恥は掻き捨て、立つ鳥跡を濁す、とばかりに、ふんぞり返る。

皮肉な物言いは彼のもっとも得意とするところで、相手のプライドを傷つけるのは得意技でもあった。昼間、散々脅かされたことへの仕返しのつもりだった。

（可愛いものだ、このくらいのイヤミは）

だが、そう思ったのは、残念ながら志摩だけだった。

護衛に立つハミドを筆頭に、日本語を解するだろう侍従や妾妃たちが、一瞬にして硬直した。

傲慢の権化《ごんげ》のような男に向かって、わずかでも逆らうことが、どんな意味を持っているか、もっと考えるべきだったのだ。

「怖いもの知らずだな。相手を選べ」

それまでの無関心とは違う、どこか残忍な匂いのする能面のような表情で、アスラーンは言って、指をパチンと鳴らした。

侍っていた女たちが退出し、それまで無言で立ち働いていた侍従たちが、左右からぐいと志摩の両手をつかんだ。

「お、おい、なんだよっ？　俺が何を？」

慌てる志摩は、いまごろ気づいた。

彼らの身を飾る藍色のクフィーヤとトーブは、たぶん部族の色――この宮殿の屋根が青いように、古来からこの地域に根づいていた民族の証《あかし》の色なのだろう。

つまり、それだけの歴史を持っていて、そのぶんだけ矜持《きょうじ》も高い。

ハミドは今回ばかりは手も出さずに、忠告だけを寄こす。

「おとなしくなさい。この者たちは、なまじなSPよりも恐ろしい連中です。青い悪魔《アル・アズラグール》と呼ばれる、古来からバハールの歴史の裏側に存在する、暗殺集団ですから」

「なっ――……!?」

そういう大事なことはもっと早く言ってくれよ！　と思ったところで遅い。

ちっぽけな反抗など軽々と押さえ込んでしまうほどに、頑強な腕に連れ去られていく恐怖は、生なかのものではない。

「我が名を侮辱《ぶじょく》した罪、軽くはない。相応の仕置きを覚悟しておけ」

引っ立てられていく志摩を、アスラーンは王者の双眸で見送ったのだ。

連れてこられたのは、危惧していた拷問部屋などではなかった。

ムカルナスの天井の下に大理石の円形バスタブが設置された、巨大な浴場だった。

「普段は殿下だけがお使いになるもの。特別なご厚意と感謝するように」

アミールが許した者だけが使えるものなのだと、ハミドが説明してくれたが。

（いや……、感謝なんてできないから）

と、志摩は散らかった頭の中で思う。

して思えるだろう。

侍従たちに身体を押さえつけられ、ガシガシと洗われている状態で、それが厚意などと、どう散々に磨かれて湯船から上がり、何やら香料などを塗りたくられたあげく、首飾りや腕輪や指輪などをじゃらじゃらと飾られる。仕上げに腰に絹の布を巻かれて、無言ですべての作業を終えた侍従たちに再び引っ張っていかれた場所は、アミール・アスラーンの寝所だった。

天蓋つきの広すぎるベッドにゆったりと横たわる男もまた、すっかり夜着に着替えているらしく、ゆったりとしたローブのようなものを肩にかけ、下半身は腰布だけで覆っている。その一部、股間のあたりがむっくりと盛り上がって見えるのは、すでに屹立しはじめているのか、それともそれが平時の状態なのか――どちらにしてもいやすぎる。

湯浴《ゆあ》みに、装飾品に、腰布と、なんだかこれって性奴っぽいな、と頭の隅で考えてはいたが、当たりだったのかもしれない。

なのに、やはり現実感はひどく薄い。

全身に塗られた香料から湧き立つ、甘ったるい匂いのせいなのか、頭の芯がくらくらして、思考が定まらない。

(何か……妙な薬じゃないだろうな?)

ぼんやりと、そんなことを考える。

たとえば、催淫効果のある薫香《くんこう》とか。思い返せば食事の最中から、胸のあたりがもやもやしていた。志摩の皿だけに、薬でも盛られていたのかもしれない。

そんなことを考えていたとき、カチンという金属音とともに右足首にひんやりと硬質なものが触れた。何かと見ると、金細工の足枷だった。そこから伸びた三メートルほどはある金鎖は、天蓋を支えるベッドの柱に繋がれている。

「な、なんだよ、これ……？」

唖然とつぶやいたとたん、どんと背を押されて、志摩はつんのめるようにアスラーンのベッドへと倒れていく。いや、アスラーンの身体の上にと言うべきだろう。

自然と志摩の身体を受けとめてくれた厚い胸板へ、頰を押しつける形になる。

どくん、と響く鼓動は逞《たくま》しい。日焼けした肌は、磨き抜かれた鋼のようだ。

「どんなお仕置きか、わかっているか？」

残酷に問いかけてくる低音すら、鼓膜を震えさせるほどに甘い。

男という生きものの魅力を全身から発散させた存在が、いまから志摩にお仕置きと称して何をするのか、あまりに想像できすぎていやになる。とはいえ、どうにも実感が湧かず、のろりと身体を起こしながら、志摩はまるで他人事のように答える。

「俺は……、そんな趣味は、ない……」

「そうか。実は私もない。男の肌など撫でる気もなかったが。日本人の肌は美しいと聞いていたが、うそではなかったらしい」

興味深げに言いながら、無防備にさらされたままの志摩の胸元に触れる。やわやわと撫で回し、ささやかすぎる乳首を人差し指の腹で掠める。

「え、ええっ……!? なっ……?」

そんな状態になっていてさえ、志摩にはまだ、それが奇妙な歓迎の続きとしか思えない。

自分は客なのだ。弟王子の紹介で、わざわざ日本から来た観光客だ。どう考えてもこんな展開はありえないのだが。

「……ッ、うっ……!」

唐突に乳首を抓《つね》られて、痛みのあまり、志摩は思わず声を荒らげた。

「い、痛っ!? な、何するんだ?」

「この宮殿では私が法——誰の運命を決めるのも、私の胸三寸」

鷹揚に告げたアスラーンが、志摩の腰布を引いた。脇のあたりで布端を挟んであっただけのそれは、ふわりと床へ舞い落ちて、下半身を露わにしてしまう。

「あっ……?」

下生えの中でうなだれる性器を、志摩は呆然と見下ろす。見上げるアスラーンと視線がかち合い、鏡のような瞳に映る己の姿に気づいて、頭がカッと沸騰《ふっとう》する。

「可愛いものだ。同じ男とは思えんな」

平均的日本人サイズのそれを揶揄《やゆ》すると、獲物を味わう獅子のごとくアスラーンは肉厚の唇から赤い舌を覗《のぞ》かせ、ちろりと志摩の乳首を嘗《な》めた。

瞬間、肌に走った痺れは現実のものでしかありえず、志摩は反射的に身を引いた。

「や、やめろ、気色悪いんだよ！　客に手を出すなんて、どうかしてるっ！」

頭の中で編集者としての観察眼を持つ自分が、その物言いはマズイ！　と警告を発している。

ほうー、と目の前の琥珀色の双眸が、何かを企むように妖しい閃光を放つ。

「気色悪いだと？　このアミール・アスラーンに対して、よくも言ったものだ」

きつく眉根を寄せて、怒気を露わにする一方で、にっと笑んだ口角には期待が満ち溢れている。楽しいお仕置きの時間のはじまりに心躍らせる、獣の表情。

アスラーンとアル＝カマル一族を侮辱する言葉は、決して言ってはいけないことだったのだと、いまさら気がついても遅い。

「これがなんだかわかるか？」

アスラーンは、おもむろにサイドテーブルに置かれていた切子細工の瓶をとって、志摩に見せつけながら、蓋《ふた》を外す。

植物性の油のような、粘性の高い透明な液体を、溢れるほど手にすくう。

「潤滑剤だ。処女は色々と手間がかかる」

やれやれ、と言いつつ顔は笑んでいる。たっぷり液体を馴染ませた両手を、志摩の背後に回して、左右から押しつけるようにして、尻を揉み立てはじめる。

裸体をさらしたあげくに、女のように尻を揉まれる——すさまじい羞恥の炎が、肌を灼きながら駆け抜けていく。

「バカ！　や、やめろっ……！」

「口の利き方を知らぬやつだ」

憤然《ふんぜん》と言った男の指が、双丘の中心にひっそりと隠れていた場所を露わにする。

とんでもない場所に空気が触れる感覚に、背筋にゾッと悪寒が走る。

「なっ……!?」

左右の手の中指のさきは、秘孔の周囲の柔肌にまで忍んできて、くすぐるように蠢《うごめ》いている。

「よせっ！　ふざけるなっ……！」

必死に逃げを打つものの、アスラーンの身体を跨いだ体勢で、腰をがっしりと押さえ込まれているから、身動きひとつままならない。どのみち足首を縛められている以上、逃げる術《すべ》などないのだが。

それでも男に尻を撫でられるなど、気色悪いだけで、本気で肌が粟立ってくる。

これが作家相手になら、お仕事と割りきって尻のひとつも触らせてやるし、キスのサービスくらいはしてやらなくもない。

作家という連中は、どんなくだらないことでも糧にする。だから、不本意なことでもつきあっているだけで、志摩自身はストレートだ。

いや、少々でなくナルは入っているから、同性に魅《ひ》かれる気持ちもわからなくはない。八神に対する羨望《せんぼう》と嫉妬《しっと》の入り交じった執着などは、かなり同性愛に近いニュアンスを含んでいる。とはいえ、あくまでそれはプラトニックなもので、対象は本人ではなく、才能なのだ。

実際、八神に恋人ができても、そういう意味での嫉妬はまったく覚えなかった。

ただ、それによって作風が変わったことには、心底からムカついた。八神響という作家にそこまで影響を与えられる、相葉卓斗という恋人に。

逆に言えば、恋愛感情ならば、こんなにうだうだ引きずりはしないし、もっと楽に忘れることもできたはずだ。

三十になって威張《いば》れることではないが、夢中になるような恋愛をしたことはない。

心のどこかが冷めているように、いつもこの相手なら自分の人生にどれくらい役に立つだろう、と考えていたようなところがある。

(情緒欠陥ってのも、当然だな)

最近になって思う。自分は八神の才能に嫉妬しているのか、それとも、恋人まで手に入れてしまったことをやっかんでいるのだろうかと。

と、そんなことを考えていたとき、秘孔の周囲の襞をやわやわとくすぐっていた感触が、いきなり異物感にとって代わられた。

「ヒッ……!?」

狭い入り口を割って強引に入り込んできたのは、明らかにアスラーンの指だ。一本、さらに一本と、志摩のそこはさして抵抗もなく、ねっとりと潤滑剤をまとった指を呑み込んでしまう。

「はっ⁉ な、何してるっ……？」

「だから、処女のここをやわらげてやっているのだろう。まったく手数がかかる」

「お、女あつかいするなっ……！」

「私の妾妃たちより、よほど可愛い反応をするぞ。ここもなかなか感度がいい」

細やかな抜き差しのたびに、それまで知らなかった官能の火種がちろちろと目覚めて、自分の深い部分から湧き上がってくるような気がする。

「……く、ふっ！ や、やめろっ……！」

必死で両手を突っ張って、アスラーンの胸を押し返そうとするものの、尻にしっかりと食い込んだ指はびくともしない。

「閨《ねや》での『やめろ』は『やって』と同義だ。それに、喘ぎ声にしか聞こえんぞ。まあ、初めてではわかるまいが」

「ち、違うっ……、俺は……」

確かに奇妙な疼《うず》きを感じはするが、それは前立腺を擦られることによる、生理的な反応のはず。以前、取材で風俗嬢のルポをやったことがあった。男性機能が衰えると、同時に男は色々と自信をなくす――そんなお客様への必殺技なのだと、得々と説明してくれたデリヘル嬢がいたが。

志摩は三十歳、そんな必殺技に頼らなくても、女を悦ばせることはできる。

（……いや、相手は女じゃないんだった）

さっきから、やたらと『処女』や『初めて』を連呼している男にとって、志摩こそが悦ばせるべき女なのだ。

思ったとたん、心底から目が覚めた。

頭がクリアになり、同時に自分の中の指の存在を、明確に感じとってしまう。

鋭敏な部分を探って蠢く二本の指、その節の感触や――そして、それが生み出す奇妙な疼きまでをも。

「どうだ。いやなだけではあるまい」

自信の塊《かたまり》のような男は、志摩の中に生まれた戸惑いに気づいて、満足の体で笑う。

それは単なる異物感のはず。検査入院でもしなければ、他人に触れられることのない場所を男の指に掻き回される――嫌悪感以外のものであるはずがない。

ないのに、いま志摩の内部に生まれたのは、圧迫感だけではすまない感覚だった。

むずがゆいような、くすぐったいような、勝手に腰が揺らめくような、なんとも言いようもない掻痒《そうよう》感だ。

「ふふ、よいのだろう。秘伝の香油だ。処女が破瓜《はか》の痛みを感じないように、色々な成分が含まれている」

「成分、って……？」

「悪いものではない。ただ気持ちがよくなるだけだ」

潤滑剤をまとった指は、意外なほど滑らかに蠢いている。

じょじょにとろけていく粘膜をもっと強く掻き回してほしい、と切望するほどに。

（な、なんだ、これは……？）

つん、と鼻をつく刺激臭の中で、頭の芯がとろけそうになるほど甘ったるい官能が、絡みついてくるような気がする。

二千年の伝統を誇る国の、後宮《ハレム》で使われてきた秘薬、それはどれほどの効力があるものなのだろう。砂漠から吹き寄せる熱波の中、隊商が運んできた、金よりも貴重な薫香で宮殿を満たしてきた一族の、秘伝。

志摩の肌に塗られた薫香もまた、同じ効果があるのかもしれない。

自分は供物《くもつ》なのだ。金銀細工の宝飾品で飾られた、王族への捧げもの。

背を覆う豊かな黒髪、珍しい琥珀の瞳、小麦色に焼けた肌を惜しみなくさらして、目の前にあるアミールへの。

その琥珀の目に射貫かれながら、志摩はまさに性奴のごとく弄《もてあそ》ばれている。

悠久の時の流れの迷宮に迷い込んでしまったような、摩訶《まか》不思議な世界。なのに、蠢く指がもたらすのは、すさまじくリアルな快感なのだ。

それでいて、アスラーンの双眸には、独占欲も所有欲もない。粘着質な愛撫から感じられるのは、相手が男だということへの好奇心だけ。志摩への想いなど、当然ながらかけらもない。

ただ初めての経験に興味津々、心躍らせているだけ。

遊びなのだ、この男にとって。何もかもが。

志摩への暴挙も、妾妃たちとの饗宴《きょうえん》と同じ、一時だけの遊技でしかない。

すっかりとろけた内壁をゆるりと掻き回しながら、男の指が引いていく。

「あっ……?」

それを寂しいと、内部がきゅうっと収縮する。失望感にも似た悪寒が肌を嘗める。

隙間ができたぶんだけ、掻痒感は強くなる一方で、指よりも太いもので掻いてほしいとばかりに、中がうねる。

それをすっかり承知しているかのように、自らの腰布をとり去った男が、逞しい屹立をこれでもかと見せつけてくる。

「あ、ああ……?」

怯えと驚きに、志摩は膝立ちのままじりっと後退る。そこを、どんと胸を突かれて、背中からベッドに倒れ込む。素早く伸しかかってきた男にあっという間に脚を割られて、たっぷりとほぐされた後孔に、指よりも太くて長いものを押しつけられる。

「さあ、これが獅子王アスラーンだ」

柔肌に当てられた切っ先の、想像以上の熱に、頭がくらくらする。

あの巨根を受け入れるなんて、どう考えても無理だ、と両眼は恐怖の色に染まったまま見開かれている。見たくはない。だが、見ないのはもっと怖い。

メリッ、と音が聞こえたかのような圧力で、指とは比べものにならない質量のものが、秘孔を押し広げはじめる。

「……ヒッ…!?」

恐怖に掠れきった声が、喉奥に絡む。

反り返った一物がじわじわと視界から消えていくにしたがって、内側からすさまじい圧迫感が押し寄せてくる。肉の隘路《あいろ》を無理やり開かれていく感覚に、全身がおこりのようにわなわなと身震いする。

「あっ……!?　ひぃぃっ――…！」

どくどくと忙しい脈動とともに迫り上がってきた衝撃に深部を突かれ、情けないだけの悲鳴が口から飛び出していく。

「やめっ！　いっ……、うぅっ――…！」

痛い、と訴えようにも、熱せられて膨張した空気の塊が喉に詰まっているようで、まともな言葉にならない。

いっそ気絶したほうがましなのに、最深部を目指す怒張がもたらす痛みのあまり、意識を失うことすらできない。

息さえ継げず、歯を食いしばって堪《こら》えれば、じりっといやな脂汗が浮いてくる。

「ぬ、抜けぇ……！　うぐぅ……」

必死に訴え、もがくのに、アスラーンはゆるゆると腰まで使いはじめる。

「う……、あぁぁっ……！」

男を受け入れたことなど一度もないそこをこじ開けて、出入りを続けるアスラーンの熱塊は、志摩の身体を、柔襞を、粘膜を、最奥を犯す凶器だ。

「や、やめっ……、ひぃっ――…!?」

なんでこんなめにと、心底から後悔したとたん、苦痛ばかりだった内部に、ぴりっと奇妙な痺れが走った。

「……ッ……？」

ついさっき、アスラーンの指で与えられた感覚に似てはいるが、なお強烈に快感の中枢《ちゅうすう》を爪《つま》弾《び》くような刺激に、強張っていた内部が緩んでいく。

そこには何か嬉しいことが待っているようだと、意識よりさきに身体が気がついて、おそるおそる緊張をほどきはじめている。

「どうやら、奥のほうがいいらしいな」

何を勝手に納得しているのか、アスラーンは志摩の両足首をつかむと、自分の両肩へと担ぎ上げた。

「え、なっ？　うあっ……!?」

自然と志摩の腰はシーツから浮き上がり、そのぶん交合もまた深まっていく。

大きく割り開かれた脚のあいだ、ぱんとぶつけられた抽送は、さきほどまでよりさらに奥を抉ってくる。ついでに体勢の変化のせいで、亀頭部のエラが前立腺のあたりを強く擦ったようで、濃密な愉悦が炎となって、めらりと全身を嘗め尽くす。

「……ッ……、んあっ……!?」

下半身からもほどよく力が抜けて、みっしりと内部を満たしたものの動きも、どんどん滑らかになっていく。

暴かれてしまった脆《もろ》い場所を容赦なく攻められて、志摩は驚愕に目を瞠《みは》る。

（――な、なんだ、これは……!?）

乱れまいとする意志を、簡単に裏切った身体は、抜き差しのたびに閃く痛みの中から、確実に快感だけを拾い上げていく。脂汗を滲《にじ》ませていた肌も、いまは熱っぽく潤み、塗りたくられた香油のだろう、なやましげな芳香を放っている。

「や、やめっ！　ぬ、抜けぇっ……！」

訴えたところでいまさらだが、それでもこの苦痛とも悦楽とも知れぬ奇妙な疼きから逃れられるならと、必死であらがう。

なのに、前後左右にと逃げようとするたびに、かえって抜き差しに合わせて腰を振っているような動きになってしまい、内部に含んでいるものを、よけいに刺激してしまうのだ。

「ああ……、いいぞ、よく締まる……！」

腰を揺すっていた男が放つ恍惚とした低音が、鼓膜を甘やかに震わせる。とたんに、とろりと内部までがとろけて身悶《みもだ》えた。そこを狙い定めたように、ずんずんと鋭い突き上げを食らって、志摩は切れ切れの嬌声をあげる。

「そっ……よせっ！　あっ、あっ……！」

こんなのは違うと、こんなのは俺じゃないと、心底からいやがっているはずなのに、身体はより貪欲に快楽を求めていく。

気がつけば、伸しかかっている男の逞しい身体に抱きつける体位へと、器用に下肢を動かしていた。内部もまた淫らにうねって、逞しい熱塊に巻きついては、咀嚼《そしゃく》するような淫猥《いんわい》な音を立てている。

押しのけたいのか、抱き寄せたいのか、アスラーンの背に両手を回せば、汗に濡れた皮膚の下、鍛《きた》えた筋肉の躍動感が直に手のひらに伝わってくる。

じりじりと太陽に灼かれた褐色の肌から、日本人にはない香りが漂ってくる。薫香とアスラーン自身の体臭が加わった、頭がくらくらしそうな雄の匂い。

（くそっ！　この男はなんでっ……）

何もかもがこんなに男なのか、と志摩は陶然《とうぜん》と見入りながらも、一方で悔しさに歯噛みする。乱れた長髪から汗の滴を弾かせて、太い眉根に縦皺を寄せて、半開きになった唇から荒い息を撒き散らして、アスラーンは砂漠の男の色香を存分に放っている。

隆起する肩甲骨《けんこうこつ》が、いまにもぱっくり割れて、そこから巨大な翼でも生えてきて、両腕に志摩を抱いたまま、高処に飛び上がっていきそうだ。

そんな気さえするほど、いま味わっているものは快感以外の何ものでもなかった。

激しくなるばかりの抽送に乱されて、志摩は朦朧《もうろう》とする頭の隅で思っていた。

（なんで？　なんでこんなことに……？）

現実か夢かも定かではない、恍惚の時間の中で、アスラーンが与えてくれる官能だけをリアルに感じながら。

3

（……夢で、あってくれ……）

目覚めはゆっくりとやってきた。

神経に障る時計のアラーム音に叩き起こされるのでもなく、遠くから聞こえてくる、鳥のさえずりに誘われるように訪れた目覚めは、意外にも気持ちのいいものだった。

（ああ……、よかった。あれはやっぱり悪夢だったんだ……）

志摩は胸を撫で下ろし、目を開ける。とたんに、視界に飛び込んできたのは、天井や壁をびっしりと埋める、鮮やかな紋様の洪水だった。

「遅いお目覚めだな、客人。私は公務に出かけるぞ。欲しいものがあれば、遠慮なくハミドに言いつけろ」

太い声のするほうへ、のろりと視線を向ける。

アミール・アスラーンが――夢ではない現実の皇太子が、公務用らしき白に金縁のある上着《ビシュト》を羽織って、立っていた。

よほど急いでいるのか、それだけ言って退室しようとする。

「ま、待てよ……！」

慌ててあとを追おうとして、身を起こした瞬間、志摩はシーツの上に倒れ伏す。

（い、いてぇ……！　す、すさまじく痛いっ……！）

あちこちの筋肉や関節が痛い。慣れない体位を強要されたのだ、当然といえば当然なのだが、甘怠くなるほど突っ込まれた場所より、そちらのほうがよほどつらい。

学生時代はテニスやスキーで鳴らしたものだが、編集などという昼夜なしの仕事をしているあいだに、ずいぶんと鈍《なま》ってしまったようだ。

いずれ鍛え直すにしろ、いまはもっと重要なことがある。

「おい、せめて鎖を外してくれ」

右足を揺らせば、足枷がジャラッと音を立てる。いくらなんでも、鎖に繋がれたままというのは、我慢できない。

「純金だが、気に入らぬか？」

そういう問題じゃないだろう！　と怒鳴ってやりたいのを必死に我慢して、うそでもいいから適当な言い訳を探す。

「俺、金属アレルギーなんだ。金でもだめなんだ。すぐにかぶれる」

「日本人はヤワだな。アレルギーなどと言っていたら、ここでは生きていけぬぞ」

「どうせヤワですよ。けど、ショックで呼吸困難になることだってあるんだぞ」

「そのときは、私が人工呼吸をしてやる」

ああ言えばこう言う。この手の根拠のない自信家ほど、やっかいなものはない。

自分こそが法で、自分の望みがかなわないことなどひとつもないと、子供のころから身に染み込むほどに味わってきた者の、心底からの尊大さ。

「あんたに人工呼吸なんかしてもらっても、嬉しくないよ、俺は……」

言いかけて、気がついた。

そういえば、散々抱かれはしたが、一度も唇へのキスをされていないと。

(お客とは、寝ることはできてもキスはできない、って風俗嬢が言ってたっけ)

身体は売ってもキスは売れない――それだけ唇へのキスは特別なのだと、女は思うらしい。

その法則がアスラーンにも当てはまるかどうかは知らないが、志摩を抱いたのは遊びと思うべきだろう。

「とにかく、さっさと解放してくれ。昨夜のことは、犬にでも嚙まれたものと思って忘れてやるから」

「もっと可愛くお願いできないのか。一晩で私にメロメロになったとかないのか」

「あ、あるわけないいっ！　俺はノンケだ。男なんかに興味はさらさらないいっ！」

「ほう、気が合うな。実は私もだ。つまり、ふたりとも男相手には初体験ということか。ははは、何やら照れるな」

誰が？　いつ？　どこで？　照れた顔などなさったたか、と志摩は、思わず枕をつかんだ手を必死に抑える。

こんなものをぶつけたところで、かわされるだけだ。

そのあげくに、お仕置きとかなんとか言って、また手込《てご》めにされてはかなわない。

「とにかく、鎖だけでも外してください」

妾妃たちのように可愛くはできないが、いちおう敬語でお頼みしてみる。

「それはできんな」

「なんでっ？」

「理由は簡単。私は鍵を持っていないのだ。あとでハミドにでも頼むがいい」

のうのうと言ってアスラーンは、怒気に引きつる志摩を残し、部屋を出ていく。

「本当にあいつ……俺と同じ日本語を話してるのか？」

同じ言語を使っているとは思えないほど、会話が通じなさすぎて、呆《あき》れるしかない。

世界は自分を中心に回っていると信じているお偉い作家にならば、慣れているつもりでいたが、認識が甘かった。

あの男の自己中は、すごしやすい温帯生まれの日本人とは、レベルが違う。

砂漠で生まれ、太陽に灼かれ、熱波を浴びて育ってきた者のみが持ちえる、不屈の傲慢。

産油国の恩恵を、生まれた瞬間から味わってきたゆえの、唯我独尊《ゆいがどくそん》。

だからこそ、このさきのことが予測がつかず、志摩は呆然とつぶやいた。

「どうなるんだ、俺は……？」

部屋に差し込む砂漠の眩しすぎる陽射しは、志摩の運命を暗示するかのように、じりじりと熱を上げていた。


——ところ変わって、こちらは日本。

『グランドオーシャンシップ東京』のシークレットフロアの一角、バハール首長国が公邸として借り受けている部屋で、第四王子サイード・ナジャー・アル＝カマルと、オーナーである白波瀬鷹が、ジェネラルマネージャーの幹本《みきもと》から奇妙な報告を受けていた。

「実は『オーシャンシップ・バハール』からの連絡で、昨日チェックインするはずの志摩様が、未だ到着していないとのことなのですが」

「それが？　兄の部下に頼んだのだから、こちらに不手際などあろうはずがない」

まだ二十二歳のくせに、上から目線のこの小僧が、白波瀬鷹は好きではなかった。

忠実な幹本を遮って、剛胆《ごうたん》にアミールに向かって問いかける。

「しかし、送迎に出たリムジンの運転手が、妙なことを言っているとか。——途中で盗賊団に襲われて、連れ去られたと」

そこはオーナー、仕事は仕事と割りきって慇懃《いんぎん》な口調を崩さずにいるが、志摩失踪の報も手伝って、剣呑《けんのん》さは拭えない。

「皇太子の部下は、すべて信頼に足る者でしょうか？」

「むろんだ。皇太子である我が兄、アスラーンづきの近衛《このえ》の者だ。兄の言葉が絶対の者たちだ。信頼できぬわけがない……」

そこまで言ってサイードは、ふと何かを思い出すような表情をした。遠い記憶を探るようなそれが、鷹には気になった。

「何か？」

「いや、ちょっと……」

言葉を濁しつつ、何かを考えていたサイードが、鷹に問いかけてくる。

「兄を……アミール・アスラーンを知っているか？」

「お目にかかったことはありませんが、お父上に似て、寛大で聡明な方とうかがっています」

「そうだ。俺とは十三も歳が違うし、異母兄弟でもあるから、いっしょに育ったわけではない。むしろ皇太子としての公務でのお姿しか知らないが、俺の国や民に対する忠誠心をそのままに、百倍くらい自信満々にしたお方だ」

「なるほど。それは最悪と同義ですね」

「……あなたの悪口は、褒め言葉と受けとっておこう」

ようは、鷹とサイードもまたどっちもどっちの傲慢男で、互いに同族嫌悪しあっているのだった。ある意味、究極のなかよしさんだな、と鷹の背後につき従う有能なるジェネラルマネージャーの幹本などは思っていた。むろん、おくびにも出さないが。

「次代のスルターンとして、あれほどふさわしい方はいないが、問題がないわけではない」

サイードは言葉を選びながら、説明をはじめる。

「それは？」

「俺が日本に来る直前、兄は十二年連れ添った妻のネシャートと離婚した。そのことで少々父上と揉めたようだ」

「スルターン・ナジャーと？　けれど、バハール首長国でスルターンは絶対の存在と聞いている。皇太子といえど、逆らうことはできないと」

「絶対など、この世にはない。兄上は皇太子こそが、スルターンに諫言《かんげん》する存在と思っていた。とはいえ、結局は退けられる。その鬱屈《うっくつ》が溜まるのか、兄はほんのたまにだが、発作的に奇妙な行動に出るのだ。——その困った問題さえなければ、まさに完璧なのだが」

「奇妙な行動とは？」

「過去に二度。——最初は十五のときだったとか。初恋の家庭教師が結婚したのが、原因らしい。二度目が義姉《あね》ネシャートとの結婚が決まったとき。どちらも、愛情問題のこじれが原因だ」

皇太子は決して楽な立場ではない。

父王を立て、弟たちの模範となり、国民からは尊敬される存在であり続ける――常に完璧を要求され、そしてサイードから見るアスラーンはじゅうぶんにそれに応えていた。

だが、どれほど完璧を目指しても、承知できないことはあるものだ。

そのひとつが、恋愛にまつわるあれこれだと、サイードは言う。

ただでさえバハール首長国において結婚といえば、家同士の契約の意味合いが強いのに、王族には許されぬ夢を、皇太子の身でありながらアスラーンは持っていた。

――政略結婚は私の本意ではない。生涯の伴侶は、自分で見つけたいのです。

アスラーンが父親に向かってそう言いきったとき、まだ十歳だったサイードは、すでに父王の命ずるままに、従姉妹ライラーとの婚約を了解していた。

対して、皇太子という立場にありながら、結婚に異を唱《とな》えるアスラーンを見て、存外ロマンティストだな、とサイードは思ったものだ。

一族の中で、もっとも寛容な男は、実はもっとも情熱的な男ではないかと。

「いまが三十五歳。そろそろ三度目がおこる時期かもしれない。義姉との離婚で鬱屈は溜まっているはず。それが引き金になって、またあれをやらかしたのかもしれない」

「――あれですか？　完璧な皇太子の困った問題となると、真逆の行動でしょうか？　盗賊団に変貌する、とかではないでしょうね？」

「惜しい。盗賊団というより、人さらいだな」

顔色ひとつ変えずに言うサイードを見ながら、だからこの一族は嫌いなんだ、と鷹は本心から思っていた。

日本で一部の勘のいい男たちが、志摩の身におこったことを推察しながらも、相手が相手だけに、二進《にっち》も三進《さっち》もいかない状況に置かれていたころ。

志摩は、夜も昼もなくアスラーンに抱かれ、性奴としての屈辱の日々をすごしていた。

──などということはなく。

天上の宮殿《ジャンナ・アル・カスル》に連れてこられてから、三日になろうというのに、ただでさえ多忙な皇太子は、志摩を閨に引きずり込むどころか、宮殿に帰ってさえこない。

鎖で繋がれたのも最初の晩だけで、少なくとも宮殿内は好きなように歩くことができる。

もっとも、後宮にだけは近づかないようにと忠告されたが、これは志摩にかぎったことではなく、警護の者以外は、女性が暮らしている場所には近づいてはいけない規則なのだという。

それにしても、こんなに放っておかれるなら、なぜ自分はここに囚われているのか、と何度もハミドを問い詰めてみたものの、返ってくるのは判で押したような回答。

「殿下はあなたに興味を持たれたご様子。ゆえに、お帰しするわけには参りません」

何を言ってもその調子で、ひたすら慇懃に、志摩の見張りを続けている。

こんな異常な体験など、そうはできるものではないし――したくもないのだが。せめて貪欲にネタにしようと根性を発揮して、妙に部屋全体の雰囲気から浮きまくっている、ノートパソコンの載ったデスクの前に座ってみても、指は少しも動かない。

しょせん志摩は、果てしなく凡人に近い作家だから、自分の身を心配するのが精一杯なのだ。逃げ場はないものかと、尖塔《ミナレット》に上って確かめてみたが、若干視力が弱いことをさっ引いても、視界に入るのはただ黄土色の砂丘ばかりで、本当に砂漠のどまんなかのオアシスなのだと再認識するだけだった。

――そんなこんなで、ただ無為に指折り日にちだけを数えて、それが五本になったとき。

ハミドの口から、午後にはアスラーンが戻ると聞かされた。

「ようやく姿を現すか！　今日こそ直談判《じかだんぱん》してやる。絶対に帰してもらうぞ！」

さすがにそろそろキレかかっていた志摩が、拳《こぶし》を握って叫ぶ。

「お待ちください。今日はお静かにしていただかねば困ります」

ハミドに懇願されても、おとなしく聞く気にはとうていなれない。

「やだね！　めいっぱい泣き喚いてやるっ！」

「これは私からのお願いです。今日は殿下が月に一度、ネシャート様や姫様がたとごいっしょにすごされる日ですので」

「え……？」

お初に聞くその名前、ネシャート・ビント・アリー・アッ＝ディーンは、アスラーンの離婚した元妻のものだった。


椰子の木陰に孔雀《くじゃく》が遊ぶ中庭を、代わる代わるに娘たちを抱き上げ、元妻のネシャートと並んでそぞろ歩くアスラーンの姿は、どこから見てもいい父親だった。

「あれが、元奥さんと娘さんたち？」

回廊の欄干《らんかん》に寄りかかった志摩は、背後に控えたハミドに問う。

「はい。宮殿での生活は何かと窮屈《きゅうくつ》ですので、姫様がたはネシャート様とお暮らしですが、月に一度は、ああやってごいっしょにすごされます」

「ふうん。普通にいい家族に見えるのに。離婚の原因は、性格の不一致じゃないよな。――っていうか、離婚できるんだ」

「バハールで結婚といえば、家同士の契約です。特に王家の者は、政略結婚が常。――妻の役目を果たせなければ、身を引くしか……」

「妻の役目、って？」

「アスラーン殿下は皇太子です。王族となれば跡継ぎが必要ですから」

「まあ、そりゃあ、そうだろうけど」

ハミドの言葉をしばし考えてから、志摩は、まさか？　と目を瞠った。

「それって……娘ばかりだから、離婚したってことか？　男を産まなかったから？」

確かに跡継ぎは必要だろう。皇太子となればよけいだ。その息子は、アスラーンの次の国王となるのだから。

だが、それを強要するのはひどすぎる。

アスラーンの元妻に同情しているわけではない。それほどお優しい心根など、志摩は持ちあわせてはいない。だが、男子を産めないのは、ネシャートのせいではない。

（バッカじゃないの!?　娘しか産まなかったのが離婚の原因って……）

だからいやなんだ、と志摩はうんざりと息を吐く。それは神頼みしかないだろうということまで、相手に責任転嫁する、究極の自己中。

「だめだ、俺……。絶対、何があっても、あの殿下に、好意なんて持てないわ」

才能がない、男子が産めない——どちらも努力だけではどうしようもない部分がありすぎて、ついつい自分の身に置き換えて考えてしまっていた。

そのとき、ふと近づいてくる誰かの衣擦《きぬず》れの音が聞こえた。

「フルサ・サイーダ《初めまして》」

声をかけてきたのは、ネシャートだった。

民族衣装としてよく聞くアバヤのように、全身を黒い布で覆っているわけではないのは、ここが宮殿内だからなのだろう。ヒジャブというベールも、頭に軽くかけているだけだ。繊細な刺繍が施された衣装は、穏やかなネシャートに、よく似合っている。

「あー、えーと、アッサラーム《こんにちは》」

たどたどしいアラビア語で、志摩が返すと、ネシャートははんなりと笑んだ。

「日本語は話せます。少しお話しをさせていただいてもいいでしょうか？」

「ああ、どうぞ。そうか、こちらは親日家が多いんでしたっけ。お上手ですね」

いきなりの元妻からの挨拶《あいさつ》に驚きはしたものの、そこは我が儘《まま》作家相手に鍛えた技があると、人当たりのいい仮面を被る。

「姫様たち、お可愛らしいですね。また殿下が、けっこう親バカというか……」

言いかけて、しまった！　と慌てて志摩は口元に手を当てる。

「あ……失礼。これって不敬罪ですね」

「いいのではないですか。あの方は、歯に衣着せぬ物言いが、お好きですから」

「へえ？」

「あの方の周囲には、おべっかばかりを使う者が溢れています。なので、本音を言われるほうが、嬉しいのですわ」

ネシャートは言って、中庭へと視線を巡らせる。

母親のいぬ間にと、やんちゃな本性を現した娘たち相手に、アスラーンは孤軍奮闘《こぐんふんとう》している。

「けど、いちばん本音を言えるのは、奥様だと思いますけど」

「……それは無理ですわ。私のほうが、あの方のおそばを離れたのですから」

「え？」

「もう耐えられなかったのです。弟殿下のサイード様が十四で結婚なさって、すぐに男子に恵まれて。――それ以来、周囲から、なぜ男子を産めないのか、と責められて。つらくて、哀しくて、我慢できなかったのです」

だから、離縁してほしいと頼んだのだと、ネシャートはいまは不安もなく告げる。

「あの方が、ならば寂しくないように娘たちを連れていくがいい、と言ってくださったのです。本来なら、殿下のもとに置いていくべき娘たち――どこにいようとアミール・アスラーンの娘として不自由はさせないと、油田をひとつくださいました」

「油田……？　個人で油田を？」

「はい。夫から妻に贈られる婚資金《マフル》で、離婚のさい慰謝料として支払っていただくもの。私は、この国でもっとも裕福な女です」

これには志摩も、啞然とするしかない。

高額の慰謝料は花婿の価値を示すものだと聞いたことがあるが、油田とはすごすぎる。まさにこの国の豊かさの証明のよう。

「あの方は、寛大でお優しい孤高の闘士なのです。でも、その場所があまりに高処でありすぎるがゆえに、私は疲れきってしまったのです。おそばを離れることで、ようやく楽に息ができるようになりました」

どれほど感謝していることかと、ネシャートは、泉に広がる波紋のような清らかな微笑みで伝えてくる。

「でも、そのことで、あの方は以前より孤独になってしまわれた。いつか、ふさわしい方が現れることを祈っておりました」

眩しげに目を細めて自分を見つめてくるネシャートを前に、いったいなんなんだ？　と志摩はうろうろと視線をさまよわせる。

「あ、あの……」

「あの方の周りにいる女性たちは、牽制《けんせい》しあっているか、一時の遊びと割りきっているか、そのどちらかで、あの方のお心が休まるだろうかと案じておりましたが……。ようやく、あの方は、理想のお相手を見つけることができたのですね」

「へ？」

「見ていればわかります。あの方の瞳には、あなたへの愛が溢れておりますから」

「はいぃ……？」

あまりに驚きすぎて、珍妙な声を出してしまう。

あの不気味な琥珀の瞳のどこに、愛なんてものがあるのか。

（ちょ、ちょっと待って、元奥さん！　何をおっしゃってるんですか？　愛って何？　どこにそんなものが見えると……!?）

それ錯覚ですから、と志摩はぶんぶんと首を振る。

だが、すっかりその気になったネシャートは、頭まで下げて頼むのだ。

「あなたは、お美しいだけでなく、聡明なお方とお見受けします。――私からもお願いします。どうか、あの方をお幸せにしてさしあげてください」

「お、お幸せに、って……」

「ようやく……、本当にようやく、大事なお方を……」

ひとりで言って、ひとりで納得して、すっかり安心した表情で去っていくネシャートを呆然と見送りながら、志摩はぐるぐるする頭の中で、聞いたばかりの言葉を反芻《はんすう》していた。

――ようやく、あの方は、理想のお相手を見つけることができたのですね。

そう言った、確かに。

（いや……俺、男だから元奥さん！　いくら見目がよくても、同性愛趣味は皆無っす）

志摩の存在に関しては、はなはだしく誤解交じりだが、別れた妻にあそこまで言わせるものを持っている男ではあるのだ、アスラーンは。

(けど、俺だって、油田がひとつもらえるなら、褒めちぎってやるさっ!)

だが、本当に油田をくれると言われたらどうしたらいいのだろう、と取らぬ狸《たぬき》の皮算用《かわざんよう》で、頭の片隅で電卓を叩く。

(いや、違うだろう。そうじゃない……)

それが重要なのではない、と志摩はアスラーンのもとへと戻っていくネシャートの姿を追う。

静かで、ほっそりとして、消え入りそうな脆さをうかがわせる、その背中。

たぶん、本心からアスラーンを愛しているだろうネシャートが、妻の座を捨てることで得た、月に一度の幸福な家族の日。

妾妃たちと唯一の男を奪いあうことより、身を引くことで手に入れた心の平安——その中に、どんな情熱にも勝る、無二の愛があるような気がした。

もう決してアスラーンは、別れた妻を忘れまい。

離れているからこそ幸せに暮らしているだろうか、と思い出し、何かにつけて気遣う。離婚したがゆえにネシャートは、アスラーンの記憶に残るのだ、このさきも一生。

一瞬、ネシャートが羨ましいような気がした。

相手があの傲慢男であることをさっ引いても、自分の姿を焼きつけたいと願うほど愛する人に出会えた彼女を、ほんの少し羨ましいと。

(俺には、いなかったな……)

美人で、聡明で、物わかりのいい面倒のない相手——つまりは、後腐れなくつきあえる女ばかりを選んでいた。軽い出会いと別れを繰り返し、それがスタイリッシュな大人の関係だとでも思っていたのか。その実、薄っぺらで刹那的な、恋もどきでしかなかった。

（本当……空っぽだよな、俺って……）

恋愛のひとつもまともにしてこなかった、それで何が書ける、何が生み出せる。

あまりに当たり前のことに、わかっていながら知らぬふりをしていたことに、ようやく気づいて、志摩は長い息を吐いた。

なごやかな家族との団らんを終え、ネシャートと三人の娘は一カ月後の約束を交わして、迎えのヘリコプターに乗り込んでいった。

いまは夕餉の皿も片づけられた部屋に、アスラーンと志摩だけが残っている。

「昼間、ネシャートと何を話していた？」

アスラーンに問われて、志摩は肩をすくめる。

「あんたは、いい男だってさ」

「なんだ、当然のことをいまさら」

「当然か？　いい態度だよな。少しは謙遜《けんそん》ってことを学べよ」

「謙遜……日本人的慎みか？　そんなものここでは役に立たない。なんなら三日ほど砂漠を放浪してみろ。他人が持っている残り少ない水さえ、奪いとろうとするぞ」

「はいはい、そうでしょうね。けど、俺は口は悪いが、性根はとことん日本人でね。慎みイコール臆病者の典型なんで、チマチマしたことが気になるわけさ」

こいつとは永久にまともな会話はできそうもないな、と思いつつ志摩は問う。

「寂しくないのか、ひとりで？」

らしくもないことを口にした。

どうでもいいはずのアスラーンの気持ちを、でも、訊いてみたくなった。

「ネシャートは優しい女だ。穏やかな十二年だった。けれど、もともと望んで夫婦になったわけではない。――私には夢があった」

「夢って？」

「この国では、結婚は契約という色合いが強い。王族ともなれば政略結婚が当たり前だ。だが、できるなら私は、自分で愛する人を見つけたかった」

「へえー。意外とロマンティスト？」

「意外だけよけいだな。私をどんなふうに見てるのだ、おまえは？」

「俺を誘拐して、強姦した、性欲魔神」

「なるほど。おまえから見ればそうか」

ふむ、とアスラーンは納得する。

「だが、誘拐なら前にもしたことがあるが、べつに咎《とが》め立てはされなかったぞ」

「はあぁー!? 何それぇ?」

「十五のときだ。イギリスから来た英語の家庭教師に恋をした——リジーという」

懐かしげにアスラーンは、語る。

美しいハニーブロンドと、明るい笑顔に、思春期のアスラーンは一目で心魅かれた。

だが、それを告白したとたん、リジーは家庭教師をやめて、同じくイギリスから来ていた外交官と結婚してしまったのだと。

「ああ、なるほどね。皇太子が英国美人に惚れては困る……ってことか」

「誰にでもあろう。青春時代、年上の女性にあこがれることなど」

けれど、アスラーンはバハール首長国の皇太子だった。

英国女性との恋など許されるはずもなく、急展開の結婚で初恋を無残に踏みにじられて、アスラーンは失望し、そして、激怒したのだ。

「盗賊団を装って結婚式場を襲い、リジーをさらって、この宮殿に監禁した」

それが反抗期の暴挙だった、と当然のように言って、アスラーンはふんぞり返る。

「おいぃー、まさか人妻を犯したのか?」

「それはせぬ。戒律が許さない。だいたい彼女は笑っていた。常に我慢ばかりしているから鬱屈が溜まって爆発するのだ、と」

そもそもリジーに恋したのは、彼女の自由な精神に魅かれたからだった。

――皇太子だからって、十五歳で老成していて何がおもしろいの？　もっと感情のおもむくままに生きていいのよ。

そう言ってくれた年上の女性を見ているだけで幸せだった日々。

男女の関係を望んでいたわけではない。そばにいられるだけで、満足だったのに。

それを無理やり奪われた。

だからこその憤激、だからこその突飛な行動。

「いまでもたまに手紙がくる。そのときの相手とはとうに離婚して、二度目の夫と幸せに暮らしていると。子供もふたりいる」

当時を振り返って語る琥珀の瞳に、花嫁をさらった激情は残っていない。

ただ、懐かしさが溢れるだけだ。

「以来、ずっと結婚を渋っていたのだが、皇太子がいつまでも独り身でいるわけにもいかないと、ネシャートとの結婚が決められた。で、私は二度目の反抗をした。二十二のときだ」

「今度は何を？」

「簡単に言うと、女遊びをしたのだな。国中から美女をさらってきて、この宮殿の後宮に侍らせたのだ」

「……また、性懲《しょうこ》りもなく、さらったのか？」

「さらったといっても、盗賊の首領がアミール・アスラーンと知れば、みな喜んでついてきた。何人かは、いまも妾妃として後宮を彩っている」

「あんた、本当にろくなことしてないな」

野放しにしておくなよ、こんな男を、と志摩はほとほと呆れてため息をつく。

「まあ、一年ほどで飽きて、ネシャートには誠心誠意謝った。以来十二年、夫婦として暮らしてきた。互いを想ってはいるが、恋愛感情とは違う。——それはネシャートも同じはず」

「だから、離婚したってのか？」

ふっ、とアスラーンはどこか皮肉に笑む。

「色々あるのだ、王族には」

だが、その色々は、もうネシャートの口から聞いてしまった。

どんな騒動からはじまった夫婦生活であろうと、穏やかな十二年間であっただろうことは、可愛い盛りの娘たちや元妻に示していた態度でわかる。

なのに、政略結婚のあげくにようやく築き上げた幸せな家庭を、今度は男子に恵まれないという理由で、破棄しろと迫られる。

針の筵《むしろ》のような状態から、娘たちを連れて解放されたネシャートは、まだいい。

だが、独り残されたアスラーンの孤独は、一カ月に一度の家族たちとの再会で、満たされるものなのだろうか。

「どうした？　私に同情しているのか」

「ま、まさかっ……！」

慌てて否定したのは、同情など真っ平だと言われるかと思ったからだ。

「いいぞ。いくらでも同情してくれ」

だが、答えは、正反対だった。

「私は可哀想だろう。ならば慰めてくれ」

志摩の腰を抱き寄せながら、アスラーンはうっとりとささやく。その手に、いつの間にか、見知った潤滑剤の瓶があった。

（しまったっ！　術中にはまった……！）

こと閨事《ねやごと》に関するあれこれは、アスラーンのほうが一枚も二枚も上手《うわて》だった。

4

「くそうっ……！　娘を抱き上げた手で、よく、そんなことができるなっ……」

たっぷりと潤滑剤をまとった指が、絨毯の上に這わされた志摩の尻に、突き刺さる。

ぬちゃぬちゃ、と淫靡《いんび》な音を立てながら出入りする指に合わせて、腰が揺れる。

「心配無用。娘は右手で抱いている。いま入れているのは左の指だ」

「そういう……問題か……ッ……？」

どうやら減らず口を叩いている余裕は、もうなさそうだ。内部はすさまじく鋭敏になっていて、粘膜を掻き回す指の節の太さや長さまでも感じとって、ゾッと肌を戦慄かせる。

「そら、中がいい感じにうねっているぞ。悪態をつく口より、身体のほうが正直だ」

「あっ……？　つ、あぁっ……」

ただ一度の経験でありながらも、媚薬によってもたらされた官能を、身体はしっかり覚えているのだ。覚え込むほどに、アスラーンの存在感は強烈だった。

あの夜、犯罪的な行為をしているにもかかわらず、皇太子である者の決して揺るがぬ信念と自信が打ち込まれるたびに、志摩は喘ぎ乱れた。

締まりのいい尻だ、と侮蔑でしかない言葉も、この男の自信満々の低音で響くだけで、褒め言葉にすら聞こえた。

いいぞ、と抜き差しされて、脈動が速まり、硬度が増し、腰遣いに余裕がなくなっていくにしたがって、心のどこかに、してやったり、とほくそ笑む自分がいた。

力では決してかなわない相手が、自分の身体に溺れていく。

絶頂を目指して夢中で腰を送り込んでくる——その瞬間、生理的な刺激だけでなく、精神的な部分で志摩は、勝った！　と思ったのだ。

誰に？　何に？　それは定かではないが。

突っ込まれただけで無理やり吐精の高処に放り投げられて、男の矜持を散々に踏みにじられたはずなのに、それでも、何かに勝った！　と思った自分が確かにいた。

日本にとっては、どうしても必要な国の、やがては支配者になる男。潤沢なオイルマネーで支えられた土地に、堂々と立つ男。

民《たみ》の尊敬を、従者の信頼を、ＳＰの忠誠を、その身に集めた男が、たかだかちっぽけな島国の男ひとりを楽しんでいる。

——俺の尻を弄《いじ》ってるんだぞ、あんたらの皇太子は、いまもこうやって……！

それは、志摩がついぞ感じたことのない、奇妙に胸のすく優越感だった。

一度でいい、八神のように絶対の自信の上にあぐらをかいてみたかった。けれど、そんな望みも、つかむそばから指のあいだからこぼれ落ちる砂のように、儚《はかな》く脆く消えていった。

志摩には自分で築き上げたものがひとつもなかった。己の才能だけでやってのけた、と言いきれるものが、本当にひとつもなかったのだ。常に誰かの成功のおこぼれをもらっている、ずっとそんな気持ちでいた。

編集としてだけでなく、小説家としても、八神のアイデアをいただいたという負い目は、ずっと胸の奥にくすぶっていた。

——俺はなんだ？　いったいなんだ？

男として何ができる、と悔しさに歯嚙みする凡人の自分が、心底いやだった。

他人の成功を喜べない。編集としては売れる作家を育てたい一方で、ベストセラーを連発する作家に、嫉妬すら感じていた。

だが、いま背後にいる男は、ただ純粋に志摩だけを楽しんでいる。それは、子供が蟻《あり》を踏み潰して喜ぶのと大差ない、残酷で幼稚な遊びかもしれないが——それでも、興味があるから、無駄に志摩を引き止めて、こうしていたぶっているのだ。

笑いを含んだ声は、楽しんでいる証拠だ。

「腰が揺れているぞ。指だけでは物足りないとみえる。そろそろもっと太いものが欲しくなったのではないか？」

「だ、誰がっ……！」

志摩は、背後の男を肩越しに睨み、精一杯の虚勢で言い放つ。

どれほどアスラーンを夢中にさせようと、それを単純に喜べるかといえば、話は別だ。

「くそっ……！　薬なんかで、好きなようにしやがって……」

食事に盛られていたものや、入浴のあとに塗りたくられた香料や、いまもアスラーンの指が志摩の後孔に塗り込めている潤滑剤に含まれる媚薬の効果――それ以外に、この痺れるような疼きの説明がつかない。

習慣性はないと言っていたが、それだってあてになるものか、と志摩は太い指の動きに合わせて勝手に揺れていく尻を止めることもできず、内心で縮み上がる。

こんなことに溺れてしまったら、その果てに待っているのは破滅《はめつ》だけだ。ご自分で自慢するだけあって、アスラーンの一物はそうはお目にかかれないご立派なもの。

あれに慣れてしまったら、他の刺激などで満足できるはずがない。

「薬？　ああ、確かにこの潤滑剤には痛み止めが入っているが、それだけだ。他に妙な効用があるわけではない」

耳朶に吹き寄せる低音の甘さにさえ、肌を疼かせながら、志摩は瞠目《どうもく》する。

「……え……？」

「最初のとき、催淫作用があるように匂わせたのは、おまえを素直にさせる方便だ。興奮するのは薬のせい――そう思えば、淫乱な身体の言い訳ができるだろう」

「い、淫乱って……俺は、男なんか本当に初めてなんだ！　催淫剤とかでもなければ、どうしてこんなっ……？」

「だから、そもそも感じやすいのだろう。でなければ自覚なきゲイか。それとも私との相性がよすぎるのか。だが、理由の如何《いかん》にかかわらず原因はおまえにある。想像力が豊かすぎるのだろう。アラブのアミールに手込めにされる——定番の妄想で興奮するとは、作家冥利《みょうり》に尽きるな」

「……なっ……!?」

想像だと？　すべて志摩の妄想の結果にすぎないと言うのか、この快感が。

「う、うそだ……、そんなのっ……！」

「認めたくはないか？　自分が勝手に感じていたとは。だが、それが事実だ。男に尻を犯されるのが好きなのだ、おまえは」

耳朶を食《は》みながらのささやきは、ゾッとするほど甘やかな疼きを生み出し、まるで鼓膜から犯されていくような気がする。

（この声だ……。すべてこの声のせい……）

そうして志摩は、どこまでもこの結果の責任をアスラーンに押しつける。

声がよすぎるから。

身体が逞しすぎるから。

琥珀色の瞳が妖しすぎるから。

男としての自信に溢れすぎているから。

アミール・アスラーンという男を作り上げている諸々の条件が、すべて志摩には魅力的すぎたから、うかうかとあさましい妄想に落ちてしまったのだ。

この男を夢中にさせられたら、どれほど楽しいだろうと。どうせ尻を掘られるなら、溺れてもらわなければ困ると、自らのちっぽけな矜持にしがみついた。

感じさせてやっているのだ、と思うことで優越感に浸っていた。

だが、実際は違った。

媚薬のせいでもなんでもなく、ただ志摩が感じていたのなら、それはまさに淫乱という言葉にふさわしい。

「それほどよかったか、私のものは？」

「ち、違う……！　お、俺はっ……」

自分はゲイじゃない。男に抱かれて悦ぶような趣味はない、と訴えてみたところで、事実悦んだのだ、初体験にもかかわらず。

「素直ではないな。では、わからせてやる。どちらが感じているのか」

背後で響いた笑い声がおさまらぬうちに、内部を掻き回していた指が、ずるりと引いていく。

粘膜もいっしょに持っていかれるような感覚に、ぞわっと内腿あたりが震えた。

代わりに押し当てられたものは、すでに硬度を増した切っ先だった。

「そら、これが欲しかったのだろう？」

志摩は、これから訪れるだろう絶望と喜悦《きえつ》を思って、ごくりと喉を鳴らした。

強引に這わされ、腰を高々と抱えられ、獣のようにみっともない格好を強いられながら、志摩は絨毯に顔を押しつけて、恥ずかしいばかりの体位に耐える。

「ヒッ……！　ぐうぅ……っ……！」

悲鳴がみっともなく掠れるのは、苦しいからではない。背後からの突きに合わせて、思わず漏れそうになる喘ぎを、必死に堪えているからだ。

「くうっ！　やめっ……うぅぅ……！」

「ふん、まだ強がるか？　かまわないぞ。いくらでも意地を張れ。そのほうが私は楽しめる。そら、これはどうだ？」

悠然と言うなり、アスラーンは、志摩の尻を片手だけで軽々と押さえ込んで、くいくいと腰を突き上げてくる。

そのたびに、隙間もなく中を満たしたものに感じやすい粘膜を掻き回されて、ざわざわと産毛をさざめかせるような、くすぐったいような痺れるような感覚が、皮膚を嘗め上げていく。

無駄とわかっているのに、必死に両手で絨毯をつかみ、志摩はなんとか背後から押し寄せる官能の波から逃げようともがく。

「よ、よせえっ！　んっ、くはっ……」

「ほうー、どうやら奥のほうが感じるらしい。となると、私の味を覚えてしまったら、他の男では代わりがきかなくなるぞ。自慢ではないが、これほど奥まで突ける一物を持った男は、そうはいないはず」

ずん、と鋭く最深部を抉られて、志摩は猫のように大きく背をしならせた。

「う、わぁぁぁ——……!」

すさまじい圧迫感が、それ以上に苛烈《かれつ》な快感を連れて迫り上がってくる。

「や、やめろっ、おかしく、なる……!」

やめてくれ、やめてくれ、と最後に残った理性と矜持が叫んでいるのに、ぐっしょりと汗を弾かせた身体は、もうすっかり背後の男の命令に従ってしまっている。

もっと奥に、と揺れる腰もうねる内部も、もう志摩の言うことを聞こうとしない。どこもかしこも勝手に蠢いては、深く呑み込んだものが与えてくれる悦楽に、酔いしれていく。

(違う、こんなのは違う……! こんなのは俺じゃないっ!)

爪が食い込むほどきつく尻をつかまれ、そのまま遠慮もなくガツガツと穿たれる。視界がぶれるほどに揺らされて、苦痛にも似た肉欲だけを強引に押し込まれる。

「あっ……やあっ…! …うぐっ……」

がくがくと壊れたように首を振り、志摩はいつ果てるともなく続く陵辱《りょうじょく》にひたすら耐える。

いや、耐えているのは陵辱にではない、享楽《きょうらく》にだ。

交合部から広がってくる、得も言われぬ愉悦に、みっともなく喘いでしまいそうだから。

もっと、もっと、と欲しがってしまいそうだから。

「あっ、あうっ……ふうぅぅ……！」

唇から漏れる声が、知らぬ間に、甘ったるい媚びを含んでいる。

高々と掲げられた腰も、逃げているというより、背後からの突きに合わせて、自ら前後に揺れているようだ。

志摩自身の性器もまた、触れられてもいないのに、背後への刺激だけで見事に勃ち上がって、勝手に滴をこぼしている。

——気持ちいい、気持ちいい……！

認めたくないのに、禁断の快楽に目覚めた身体は、より貪欲に、より強烈に、内部を満たすものを逃すまいと巻きついていく。

もはや媚薬を言い訳にもできない。この淫蕩《いんとう》で、あさましい姿こそが、志摩創生の本性。

「ふ、うんっ……、そ、そこっ……、あ、ああっ……！」

奥を突かれるたびに走る愉悦が、嗚咽《おえつ》交じりの懇願となって散っていくころには、背後の男にも余裕がなくなっている。

「くっ！　出すぞ、中に……」

絶頂への痙攣がアスラーンを襲い、内部がびくびくと震えたと思うと、熱い奔流《ほんりゅう》が叩きつけられるように放たれた瞬間、犯されることのすさまじい恍惚感に満たされて、志摩は高く響く嬌声をあげていた。

「あっ、ああっ……！　い、いいっ、もっと、中に……もっとぉ……！」

もっと熱く乱して。

もっと、とろけさせてほしい。

どこまでも高く、地を這う人間の懊悩《おうのう》を吹き飛ばすほどの、強さと、熱と、快感で。

ねっとりと内部に広がっていくアスラーンの体液を歓喜でもって貪りながら、志摩もまた熱い精をほとばしらせたのだ。


夜中、ふと何かの気配で、志摩は微睡《まどろみ》から目覚めた。

いつの間に運ばれてきたのか、そこはベッドの中だった。

隣に寝ているはずのアスラーンは、上体を起こして格子窓のほうを見ている。

薄目でうかがうと、月光の仄明かりの中、理想的な造形美を刻んだ、横顔が見える。

(何を見てるんだ、こいつ……？)

失ってしまった家庭の幻影か、これから背負う国の未来か——いや、もしかしたら、出会うべき理想の恋人だろうか。

何にしても、宙に視線を飛ばしたアスラーンの表情が、ひどく儚げに感じられる。

孤独、なのだろうと思う。

皇太子として、国民の信頼を一身に浴びながらも、それでも彼は孤独なのだと。

だから、恋人に夢を求める。この世界のどこかに、自分をわかってくれる誰かがいると、子供のように信じている。

「……ないものねだり、だっての」

口の中で独りごちたつもりだったのに、砂漠の夜は静かすぎて、微《かす》かなつぶやきさえ響かせてしまう。志摩の声を拾って、アスラーンが振り返る。

「起きていたのか？」

「あ、いいえ。寝惚けただけです。——お邪魔はしませんよ。お月見を続けてください」

相手をするのはごめんだと、さっさと背を向けようとした志摩の耳に、アスラーンの静かな語りが聞こえてくる。

「月は我らの守り神。アル＝カマル一族には、月の力《カマル》という特別な力がある。神の祝福を受けた純粋な子供にだけ与えられる力」

「何、満月の夜になると、狼男にでも変身するとか？　いや、あんたは獅子だっけか」

「おまえは、いちいち皮肉を言わねば気がすまぬのか」

「そういうタチなんでね」

まったくアスラーンの言うとおり。よけいな皮肉など口にしなければ、こんなめにあわずにすんだはず。とはいえ、後悔などいまさらだ。

外面は完璧な優等生を演じ、内面で世の中を皮肉って嘲笑う——そうでもしなければ、無能な自分の卑屈さに押し潰されそうだった。いま考えれば、くだらないプライドだったが。

そんな凡人の鬱屈など、味わったこともないだろう男は、淡々と説明を続ける。

「月《カマル》の力を持つ者は、敵意を匂いで嗅《か》ぎ分けることができるのだ。ゆえに、スルターンが身を守るために、もっとも重要な存在なのだ」

「敵意を嗅ぎ分ける？　何、巫覡《シャーマン》みたいなもんですか？」

「いいや、占いや予言の類ではない。実際に、人の好悪の感情を匂いで嗅ぎ分けるのだという。私にはその力はないが、弟のサイードは幼いころにその力を持っていた」

「サイード……？　アミール・サイードですか。日本駐在大使の？」

「そうだ。日本で会ったか？」

「正式にお目通りしたことはありませんが、この旅行をお膳立てしてくれた王子ですね」

シークレットフロアに堂々と大使館など設けている、超リッチな駐日大使——もしかしたら志摩も、シークレットフロアに通っているときに、すれ違うくらいはしているかもしれない。

「私には兄妹が十四人いる。サイードは十三歳下の第四王子だが、あれこそ特別な存在だった。少年時代は月《カマル》の力を持つがゆえに、父上に信頼されて、ずっとおそば近くにいた。だが、力は長ずるにしたがって衰える」

「なるほどね」

ポルターガイストなどをおこすのも、思春期の子供が多い。人知を超えた力は、純粋さに比例する場合が多い。大人になってよけいな欲が出れば、自然と消えてしまう程度のもの。

（ふん……。二十歳過ぎればただの人、ってことか）

今度は声には出さずに、志摩は心の中で思う。

どのみちアスラーンは、返事を欲しがっているわけではないのだろう。自分の気持ちを整理するために、言葉にしているだけなのだ。

「力をなくしてからは、ずいぶんつらい思いをしたはずだ。父上が月《カマル》の力に執着しすぎるがゆえに、同じように少女のときに力を持っていた従姉妹のライラーと結婚させられた。――すぐに男子に恵まれたが、その子も力は持たず、その上、出産によってライラーも亡くしてしまった」

アスラーンは異国にいる弟に思いを馳せるかのように、目を細める。

「サイードはもう、王家の伝統に振り回されるのに、うんざりしたのだろう。新たに妻を迎えることもなく、日本でやりたいことがあるからと、自ら駐日大使の役目を申し出て、ひとり息子を連れて行ってしまった」

せめて、遠い異国で居場所を見つけられればいいのに、とアスラーンはため息交じりに言う。

アスラーンの説明を聞きつつ、志摩は奇妙な違和感を覚えた。

「おい……それって、子供に身を守らせてるってことか？　スルターンが？」

「怪しい匂いの者が近づいたときに、それを伝えるのが月の力《カマル》を持つ子供の役目だ」

「けど、その子が特別な力を持ってることは、絶対の秘密じゃないんだよな。俺に話すくらいだから。——だったら、スルターンを害そうとする連中は、まずその子供を狙うんじゃないか？」

「おまえは想像力があるな」

「これでもミステリー小説の編集だぜ。ちょっと考えりゃわかる。子供を楯にするって、日本人的感覚で言わせてもらえれば、ろくなスルターンじゃないぜ」

「王家に生まれた者は、誰しも多かれ少なかれ、犠牲を払っている。ネシャートと私は、むしろ円満に離婚できただけましだ。——兄妹の中でも私は恵まれている。長子であったし、よけいな力など持ちあわせなかったぶんだけ、つらい思いはせずにすんだ」

皇太子という立場を背負っていても、自分は決して不幸ではない。

政略結婚とて、この地方の風習である以上、嘆くほどのことではない。

石油の恩恵を受けた国でこれほど高処に座して、不満などあろうはずもない。

そこまでわかっていても、アスラーンは最後につけ加えるのだ。

「だから……愛を望むのは、私の我が儘でしかない」

自分の立場も何もかも理解して、それでも求めずにいられないのが、愛なのだろう。

「それが何？　俺には関係ない。——もう寝るよ。あんたにつきあってると、身体がもたない」

わざとらしくあくびなどして、志摩は寝返りを打って、隣の男に背を向ける。

こんな話は聞きたくない。わざわざ言ってくれなくても、アスラーンが恵まれた男だなんて、誰もが認めることだ。

オイルマネーで潤った国の皇太子というだけで、奇跡のような幸運のはず。

その上、自由な愛まで望むなんて、本当に単なる我が儘だ。

可哀想だなんて、思ってやる必要もない。同情してほしいのは、むしろこっちだ。

たかだか離婚の騒動のあげくに、八つ当たりされて、こうして囚われている自分のほうだ。そう思いながら目を閉じて、もう何も聞いてやらないぞ、と狸寝入りを決め込む。

「寝たのか……?」

迷子の子供のように心許ない声が耳にとどいても、無視するだけだ。

ひたすら寝息を立てるふりをしていると、ギシリと小さくベッドが軋《きし》んだ。

アスラーンが志摩の様子を覗き込んでいるのが、近づいてくる吐息の気配でわかる。

「……おやすみ」

そっと、触れるだけのキスが、志摩の唇を掠めた。

まるで思春期の少年のファーストキスのようなそれに、どくん、と胸が高鳴った。

(な、なんだよ、これは……?)

これが初めての、唇へのキスだった。

アスラーンは右手で志摩の肩を引き寄せて胸に抱き込むと、再び眠りの中に入っていく。

（お、俺は抱き枕かよ……？）

逞しい胸から、とくとくと響いてくる心音は、常の激しさと裏腹にひどく穏やかだ。

夜の静寂の中で聞こえるのは、アスラーンの寝息と鼓動だけ。

直に触れる体温は、鬱陶しいほど温かい。

瞼を閉ざして、鋭い双眸が隠れてしまえば、意外にも寝顔には可愛げがある。

穏やかな眠りがこの男に訪れる日は、月に何度ほどあるのだろう。

もしかしたら、家族と顔を合わせた夜だけなのかもしれない。

（疲れているんだろうな……）

疲れて、疲れて、疲れきって……でも、決して表情にそれを出すことのできない、戦士。

馬上で湾刀をかざし、民を率いていく、次代のスルターン。

選ばれた男でありながら、それでも、やはりひとりの人間でしかない。

そう感じた瞬間、志摩は決心した。

——逃げよう、と。

逃げなければと。

5

翌朝目覚めると、多忙なアスラーンの姿はすでになかった。

鬱陶しいほどの体温が恋しいような気がして、次はいつだろうか？　と考えてしまい、志摩は心底からゾッとした。

（このままでは、だめになる、俺は……）

本当に、あの男しか見えなくなる。快感だけでなく、その行為の中にアスラーンの救いを求める寂しい心があることを、知ってしまった以上。

同情心などかけらもないと自負していた志摩だったが、この国にいると、思っていた以上に普通の日本人だったのだとわかる。

強靭《きょうじん》なはずの男が見せる脆さに、心魅かれる。

掠めるだけのキスに、少年のようにときめく。

そんな人並みの感情を、ちゃんと持ちあわせていたのだ。

はんぱな賢さしかなくても、それを最大限に利用して誰もが焦《こ》がれる高処に上り詰め、冷淡に凡庸な者たちを見下す存在になりたかった。

神に愛された八神のように持って生まれた才能はなかろうと、せめてそれがあるように擬態《ぎたい》することはできるはずだと、必死にここまで生きてきたのだ。

よきにしろ悪《あ》しきにしろ、他人に流されず、身勝手な自己愛だけを頼りにして。

なのに、必死に鎧《よろ》ってきた冷徹の仮面が、ぐずぐずと崩壊しはじめているのがわかる。

砂漠しかないこの地の、蒸れるような熱波のせいで。眩しい陽射しのせいで。何より、鬱陶しいほどに傲慢で、その実、少年のようにロマンティストな心を持つアミールのせいで。

(ここにいちゃだめだ……)

そんな弱さは、志摩創生ではない。

誰かのぬくもりを欲するなんて、自分ではない。

(逃げないと……。けど、どうやって?)

ようやく積極的に『脱出』を考えはじめた志摩だったが、周囲は一面の砂漠。遊牧民でもない志摩に、砂の海を渡っていく手立てなどあろうはずもない。

(どうやって、逃げればいい……?)


——その日の夜のこと。

宮殿内がやけにざわめいていて、志摩は窓から外をうかがった。

自分がいる客間とは対称をなす北側のほう、後宮あたりで何かがあったようで、ハミドを筆頭に、志摩の監視をしている見張りまでも出払っていた。

千載一遇《せんざいいちぐう》のチャンスなのに、残念ながら窓も扉も外から鍵がかかっている。

「くそっ！　鍵さえ開けば……」

無駄とわかっていても、なんとか開けられないものかと躍起《やっき》になっていたとき、カチンと微かな解錠の音がした。

「え……？」

驚いている間に扉が開き、そこに全身をアバヤに包んだ女が立っていた。

顔を隠しているから明言はできないが、何度か目にした妾妃のひとりのようだ。

手に持っていた荷物を、ぐいと志摩に押しつけてくる。反射的に受けとったそれは、全身を包む女物の衣装だ。

「私、あなた、逃がす……」

彼女は、身振り手振りを交えての、たどたどしい日本語で告げてくる。

どうやら志摩の逃走を手助けしてくれるようだ。

後宮のあたりが騒がしいのは、そちらに警備を引き寄せているからなのだろう。

「本当に逃がしてくれるのか？」

「あなた……邪魔。ここにはいらない」

厚意からではなく、邪魔だから逃がすのだと聞いて、納得した。

アスラーンが志摩などに夢中になって、お渡りが減れば困るのは、彼女ら妾妃なのだ。

以前から、ライバル視されているようだとは感じていた。

それ、大いなる勘違いだから、と言ってやりたかったが、逃走の手助けをしてくれるのなら、どう思われようがかまわない。

とにかく渡されたローブを頭から被って、口元も覆う。

少々デカイが、女の扮装をすれば、宮殿内で男が声をかけてくることはない。

その上で、妾妃はさらにずっしりと重い荷袋を渡してくる。逃走に必要なものなのだろう。

「水、食料……一日分」

「一日か。それ以上は持てないか」

女の言葉が信用できるかどうかはわからないが、それでも漫然と虜囚《りょしゅう》の身に甘んじているよりましだ。無謀な行動だとわかっているが、ここは覚悟を決めるしかない。

後宮の騒ぎのおかげで警備兵に見つかることなく、宮殿の外に出ることができた。

オアシスの外れまで来ると、そこからさきは十三夜の月明かりだけが頼りの、無味乾燥とした空間が広がっている。

「東に歩く。一日で街、つく」

志摩は東の海岸沿いから、砂漠内部へと連れてこられた。ならば東に向かって歩くのは道理にかなっている。問題は、本当に一日でたどりつけるかということだ。

「早く行く！　誰か来るっ……！」

女の慌てた声に背を押され、志摩はとっさに走り出した。

それが地獄の道行きだなどとは思いもせずに。


「一日って、二十四時間だよな。夜に出発したら、夜にはつくんじゃないか？」

だとしたら、あの女は計算ができない。

すでに二度目の夜を迎えているのに、街らしきものの片鱗《へんりん》すらない。ただひたすら砂丘が続いているばかりだ。

水筒はすでに空っぽだ。食料といえばホブスが数枚詰め込んであるだけ。それも残りは少ない。せめて栄養補給用の携帯食料でも入れておいてくれよ、と文句のひとつも言いたくなる。

「携帯食は、サバイバルの必需品だろ」

昼間は暑すぎて、体力を消耗《しょうもう》するだけだからと、歩くのは夜にした。

だが、日本より緯度が低いせいか、星座の感じが違って見えて、何気にどちらが東か判然としない。朝になって、太陽が昇ってくる方向に、頑張って足を進める。

どこまでも続く黄色い大地の上に、鳥のだろう影が落ちる。

腐肉をあさる禿鷲《はげわし》だろうか。ずっと志摩のあとを、追ってきているような気がする。

「倒れてたまるか。俺は日本に帰るんだ」

その一念でひたすら歩く。すでに方向感覚は麻痺している。

(俺がこのまま行方知れずになれば、あの傲慢王子も、少しは反省するかな……)

命の危険があるというのに、もしも最悪の事態になれば、自分をそこまで追い詰めた男に一泡吹かせてやれるのではないかと、益体《やくたい》もないことを考える。

それほど、もう限界に近づいている。

「なんでこんな？　誰の、せいで……？」

考えれば、やはり八神に行きつく。

すべての元凶は、あの男。

取材旅行を勧められたからという意味ではなく、そもそも八神響という作家が、目の前に現れたのがいけない。

ピアニスト志望だったくせに、夢を捨ててからは、ピアノの鍵盤《けんばん》の代わりにワープロのキーを叩き、なんとなく小説を書き上げてしまっていたなんて、そんなバカな話があるか。

「ああ……また、ぐるぐるしてる……」

この考えに憑《つ》かれているから、いつまでたっても、志摩は解放されることができないのだ。

わかっているのに、なぜ？　と思ってしまう。

なぜ、あの才能が自分に与えられなかったのかと。

そのとき、キンと弦を弾くような音が聞こえた気がした。幻聴だろうか。それとも頭上を飛んでいる鳥の鳴き声か――いや、どうやら弦楽器の音のようだ。

「あれは……、音楽か……？」

風の唸りでも、鳥のさえずりでもない。メロディーを刻んでいる、リュートか何かの音だ。

そこに、笛や太鼓の音が加わっていく――集団が奏でる音楽だ。

「キャラバンか、オアシスか……？」

どちらにしても人がいるのだと、志摩はよろけながらも、微かな音を頼りに走り出した。

それが危険な連中であるかもしれない可能性は、すっぽり頭から抜けていた。

「やった！　とうとう街についたんだ！」

この砂丘を越えれば集落がある、と志摩は全身に鞭打って這うように砂地を登り、満面を喜色に輝かせて、その向こうを見晴るかした。

そこには確かに、緑に輝くオアシスがあった。

人の息吹の感じられる場所が。

「……うそ……だろ……」

掠れ声でつぶやいて、志摩はその場にガクリと膝をついた。

力が抜ける。もうこれ以上歩けない。

いや、歩く必要もない。

ようやく見つけたオアシスの中心、目に眩しい青いドーム屋根の天上の宮殿《ジャンナ・アル・カスル》は、志摩の徒労《とろう》など知らぬげに、逃げ出したときと変わらぬ姿でそこにあった。

（……なんだよ、これ……？）

自分に問いながら、惰性《だせい》で砂丘を下る。

「な、なんなんだよ、これは……？」

ひりつく喉から、掠れ声がこぼれ出る。

「お、俺は……ただ、ぐるぐる回ってただけなのかよぉっ……!?」

絶望に満ちた志摩の悲鳴に応えるように、間近に迫っていた一騎の馬が足を止める。

志摩はただ呆然と、騎乗した男の姿を見上げることしかできない。

男が、すいと右手を差し伸ばした。

ピィィィーッ！　と甲高く尾を引く鳴き声を響かせながら舞い降りてきた隼が一羽、鋭い鉤爪《かぎづめ》の脚でその腕に止まる。

この一日半、ずっと空から志摩を追っていた影――禿鷲だと思い込んでいたそれは、騎乗の男、アミール・アスラーンが放った隼だったのだ。

「言ったはずだ。砂漠は甘くはないと」

傲然と笑む双眸に射貫かれたかのように、ゆるりとその場に両手をついた志摩は、まるで子供のように頑是《がんぜ》なく泣き伏した。

「うわぁぁぁぁーっ……！」

逃げ場はどこにもない。

彼の周りにはただ、黄土色の砂が広がるばかり。

すっかり泣き疲れて、抵抗する力もなく、宮殿へと戻ってきた志摩は、無為な逃避行の汚れを侍従たちの手できれいさっぱりと洗い流してもらい、自分がいた客間へと戻された。

用意されていた食事の皿からすばらしくスパイシーな香りが立ち上り、意識するよりさきに飢《き》餓《が》を訴える身体が、食物を欲して飛びついていく。

この一週間あまりで、すっかり食傷気味になっていたはずの異国の味だが、飢えこそ最高の調味料とはよく言ったもので、口の中に広がる刺激的な味が、たまらなく美味に感じる。

あまり好きでなかったヨーグルト味の飲物も、塩入りのコーヒーも、渇ききった喉を潤す甘露《かんろ》のようだ。

ひたすら貪り食らっているところへ、悠然とアスラーンが姿を現して、志摩の対面に座る。

だが、志摩は挨拶ひとつせず、空腹を満たす作業に没頭している。周囲のSPたちが、なんと不作法な、と眉間に皺を寄せたのにも気づいていたが、知ったことではない。

一歩間違えれば、志摩は本当に野垂《のた》れ死んでいたかもしれないのだ。

アスラーンに言わせれば、逃げた志摩の自業自得ということになるのだろうが、日本人の常識からすれば、どう考えても、皇太子の権威を笠に着て、客人を捕らえて強姦しまくっているアスラーンのほうが、悪いに決まっている。

なのに、ろくに抵抗もせずに諾々《だくだく》と従っていた自分を、いまは不甲斐《ふがい》なく思うだけだ。

「具合はどうだ？　夜に歩いていたのは感心だが、砂漠に逃げるなら、せめて一週間ぶんほどの水と食料は持っていけ」

声をかけられても、顔すら上げずに、渋々答えだけを返す。

「よく言うな。俺が逃げ出したことなんて、とうに気づいていたんだろうに」

「常に見張りはつけておいた。それをかいくぐって逃げたのは、おまえだ」

「俺が悪いってか？　あんたの理屈だな。自分は常に正しく、悪いのは自分以外の者だって」

「この国では私が法なのだ。皇太子より高処に存在するのは、スルターンだけなのだから」

「だったら、殺せよ！　もうあんたなんかに従わない！」

あまりに身勝手な言いぶんに、疲労困憊《ひろうこんぱい》していた頭が、一気にカッと沸騰《ふっとう》した。

「せっかくの玩具を壊す気はない」

「なら……俺が壊してやる！」

志摩はむんずと皿をつかむなり、アスラーン目がけて投げつけたのだ。

四方から飛びかかってきたSPたちが、志摩につかみかかったのと、アスラーンが片手で皿を弾き落としたのと、ほとんど同時だった。

「さあ、これで堂々の不敬罪だ。ざまあみろ！　殺すなりなんなりすればいいっ！」

こんなに腹が立ったのも、こんなに捨て鉢になったのも、初めてだった。

砂漠を歩き続けて、アスラーンの姿を見つけたときにも、感じたのは虚無《きょむ》と絶望だけだったのに——いま、空腹が満たされたと同時に、身のうちから湧き上がってきたのは、すさまじい怒りだった。

剝《む》き出しの怒気を、志摩はまっすぐにアスラーンにぶつける。

もうずっとクールな男のふりをしてきた。本来は小心者でしかない自分を知られるのがいやで、凡庸な人間のひとりであることを認めたくなくて、皮肉な笑みと口調で他人を煙に巻いて、精一杯、虚勢を張ってきた。

それが志摩創生の、三十年だった。

だが、そんな生き方は、無意味で無価値で無駄でしかないと、とことん思い知らされた。

この乾ききった大地が教えてくれた。

人間は誰もが等しく、無力だと。それは、志摩でもアスラーンでも、同じこと。

あの砂漠に放り出されてしまえば、体力のあるぶんだけアスラーンは長く生き延びるだろうが、それでもいつか最期はくる。

人間は、本当にちっぽけだ。砂粒ほどの価値もない。

「さあ、皇太子様とやらのご威光を、見せてみろ！　こいつらに命令すればいいさ、俺を始末しろって！」

不思議なほど、何も恐ろしくない。

自棄《やけ》になっているわけではない。むしろ挑戦しているのだ。

やれるならやってみろ、と迫っているのだ。それがこの国やり方かと。貴様の正義かと。

「放してやれ」

アスラーンは部下たちに視線を向けて、それだけ告げる。

志摩をつかんでいた手が、びくりと緩む。何やら主に向かって、アラビア語で言いつのっていたが、やがてアスラーンの鋭い眼光に射すくめられたかのように志摩を解き放ち、渋々といったふうに部屋を出ていった。

「すまなかった。私のSPが、お客人相手に礼を失するようなまねをして」

「へえー。いまになって寛大な皇太子を演じるわけか。皇太子は誘拐でも強姦でも、なんでも許されるが、SPのほうは主を守るために俺を押さえ込むことすら許されないってか？」

「私が命じること以外は、職務に外れる。この宮殿では」

「ずいぶん勝手な言いようじゃないか。俺を殺しかけたくせに……」

ふん、と志摩は鼻先で笑い、まっすぐにアスラーンを睨む。

「あんたに言わせりゃ、俺が勝手に逃げ出した、って理屈になるんだろうが、はっきり言うぜ。俺はひとつも悪いことなんかしてない。あんたが俺を誘拐して、強姦して、砂漠をさまよって死ぬような状況に追い込んだんだ」

従っても、従わなくても、結果は同じなのだとようやく気づいた。

この砂と熱波だらけの世界で、甘ったれた根性など通用しない。どれほどオイルマネーで潤っていようと、バハール首長国の王族はいまも砂漠の戦士なのだ。

欲しいものは力尽くで奪い、手に入らないくらいなら、いっそ壊してしまう。

どんな些細なものでも、完璧に所有する——それが、この男の本質なのだ。

死ぬほど砂漠をさまよって、ようやくわかった。千年以上に渡って飢えと渇きをその身に刻みつけてきた民族が、そう簡単に文明の恩恵に酔い潰れてしまうわけがない。

一方で、貧しい時代への反発のように近未来都市を築き上げた国もあるのに、頑固に先達《せんだつ》がつちかった歴史を守り続けている国が、そんなぬるさに溺れてしまうわけがない。

この男から逃れるには、刺し違えるくらいの覚悟が必要なのだ。

「この上あんたが自分勝手な法とやらを行使して、俺を囚人としてあつかうなら、俺はもう何があっても従わない！　けど、俺だって簡単に殺されてはやらない。刺し違えても、借りは返す」

「ほう、その細腕でどうやって？　私なら、指先だけでおまえの首を捻れるが」

余裕で言いながら、アスラーンは志摩に向かって右手を伸ばしてくる。

やすやすと志摩を押さえ込める力を持つ男。体力でも、技量でも、決してかなわない相手。

だが、男が渾身《こんしん》の力であらがって、相手に傷ひとつ負わせることができないなんてことがあるだろうか。それ以前に、全力で抵抗したことが、一度でもあっただろうか。

（ない……！）

そう思った瞬間、志摩はとっさにアスラーンの手に噛みつこうとした。

「おっと……」

寸前に手を引っ込めたアスラーンが、楽しげに目を見開いた。

「なるほど。砂漠にいた一日半で、少しは変わったようだ」

「砂漠をさまよえば、誰だって変わるさ。俺だって、自分がこんなに憤怒にまみれるとは思ってもいなかった。こんなに……コントロールできない怒りがあるなんて」

「そうだな。おまえはいままで、強姦されたと文句をつけながら、その裏で、犬にでも噛まれたと思えばいいと、自分を律していた。それが賢い方法なのだと思っていたのだろう」

「へえー、お偉いアミールはなんでもお見通しってか？　でも、俺はもうやめた。我慢なんて、なんの意味もない」

作法など知ったことかと、両手でホブスをむしっては、口に運ぶ。

「どれほど小物でも、手負いの獣は凶暴なんだよ。窮《きゅう》鼠《そ》猫《ねこ》を噛む——いや、相手があんたじゃ、窮鼠獅子を噛む、か」

「手負いの獣が狂暴になるのは、本能が危機を察知するからだ。無差別に相手を攻撃するのでないなら、おまえは獣ではない。死の瀬戸際で、生きようとみっともなくあがくのは、人間だけだ。怒りに駆られて復讐をする生きものも、人間だけ。怒りはもっとも人間的な感情だ」

「したり顔で言うなっ！」

講義などたくさんだ、と志摩はアスラーンを睨みつける。視線が刃になるなら、せめて皮膚の一枚でもいいから斬りつけてやりたいと、怒気を込めているにもかかわらず、アスラーンは笑んだのだ。

「おもしろい」

いかにも楽しげに。

「何がっ!?　あんたの手のひらの上で転がされた人間を見るのが、そんなに楽しいか？」

「そうではない。ようやくおまえらしさを表したな、と思っただけだ」

「俺、らしさ……？」

こんなによれよれで、飢えて渇いて、目の前の皿にとりすがるようにして貪り食らっているさまが、自分らしいと言われて喜ぶ人間など、どこにいるだろう。

「出会ったときのおまえは、人を小馬鹿にしてたな。自分を他人より優れた人間だと思っていた。

それを自信として表すならまだしも、皮肉な物言いで相手を貶《おとし》める。——自分の優越感を満たしていた。人として、もっとも卑屈なやりようだった」

「……っ……！」

まさに本質を突かれて、志摩はくっと唇を噛む。

ここでうっかり皮肉を返してしまったら、それこそ姑息《こそく》な自分をさらけ出すことになる。

「だ、だから、なんだ？　俺をこんなめにあわせたのは、お仕置きだとでも言うのかよ？」

言葉を選んで問いかければ、返ってきたのは、志摩のそれ以上にふざけた物言いだった。

「いや、最初は単なる退屈しのぎだった」

「退屈しのぎ……って」

「ネシャートとの離婚騒動のあとで、少々でなく虫の居所が悪かった。そんなとき、おまえはうっかり私を怒らせるようなことを言った。——つまりは、単に間が悪かっただけだ」

「間が悪いって、たったそれだけの理由で……！」

「だから、それはきっかけにすぎない。八つ当たりだけならば、こんなに引き止めはしない。私はそれほど暇ではない」

「ふざけるな！　じゅうぶん暇じゃないか！」

怒りも露わに叫ぶ志摩を、アスラーンはどこまでも楽しげに見つめている。

「おまえの怒りは美しい」

「何……？」

「敵意がない。純粋な怒りだ」

「冗談だろう、敵意丸出しだぜ、俺は！　マジであんたを殺してやりたい！」

「だが、本当には殺さぬだろう、おまえは」

「え……？」

「――さて、私がいては食事もおちおちできぬだろう。話はまたあとで」

ふ、と不思議な笑みを浮かべたまま、アスラーンはその場をあとにする。

まだまだ言い足りない。怒鳴り足りない。呪って、恨んで、怒りを爆発させて、この暴挙を誰かに訴えてやりたい。その術がないのが、心底から悔しい。

いまはこんなに胸に渦巻いている感情も、時間がたてば、薄らいでいくだろう。普段からクールなふりをしているせいか、自分の怒りが長続きしないことは、承知している。

「……書こう……！」

唐突に閃いた。

志摩はノートパソコンを立ち上げて、せめて身のうちに燃え盛るものを書き留めておこうと、キーを叩きはじめる。すさまじく荒々しいキータッチで、アスラーンに対する罵倒《ばとう》の言葉を、浮かぶに任せて書き連ねていく。

だが、それだけでは気がすまず、宮殿を抜け出してからこっちの、砂漠の放浪のあいだのことも、打ち込んでいく。そして、バハール首長国に入ってからおこった出来事の数々を。

画面に並んでいく激しいばかりの文章を見ているうちに、ふとそれが、いま書いている作品の主人公の気持ちに重なってきた。

（そうだ。砂漠だけの世界に迷い込んだ主人公の怯えは、そんな生半なものじゃない……！）

自分がいままで書いていたものが、どれほど薄っぺらだったか、志摩は初めて気がついた。

思いついたときには、すでに両手は、勝手に新たな話を作りはじめていた。

ひたすらディスプレイを凝視しながら、浮かんでくる記憶を乱打していく。

思考の流れが速すぎて、ワープロソフトの変換スピードが追いつかない。時々コンマ何秒かのタイムラグがあるのが、ひどくもどかしく感じる。

まるで映画でも観ているかのように、頭の中では、主人公が冒険の旅を続けていく。

それを阻止しようと現れる悪役は、むろん獅子の名を持つアミールだ。卑劣なアミールの罠に落ちながらも、主人公は秘宝を求めて謎解きの旅を続ける。

金色に輝く砂丘を越えて、まだ見ぬ黄金の谷へ至る道へと、ひたすら突き進む。

志摩の感情は、もはや主人公と同化して、本当に砂漠を歩いているような心持ちで、キーを打っていく。踏みしめる砂の熱さ、肌を刺す乾いた風の勢い、容赦ない陽光は瞳を灼く――それらすべてを志摩は、いやと言うほど味わってきた。

だから、選ぶ言葉にも迷いはない。流れ出てくる言葉の奔流に押し流されるように、ほとんど推敲《すいこう》もせずに、夢中で書き連ねていく。

あたりが妙に静まり返って、カタカタとキーを打つ音ばかりが耳を突く。

何か変だと気がついたときには、窓の外はすっかり夜の闇に覆われていた。

「夜ってなんだよ？　いったい何時間書いてたんだ、俺……？」

ぐうぅぅー、と腹の虫が鳴って、空腹だったことに気がついた。たらふく食べたはずなのに、すさまじく体力を使っていたことに、驚く。

同時に、どこからか漂ってきた香りが、鼻孔を刺激した。振り返ると、絨毯の上に新たな食事の支度がしてあった。

「あれ……、いつの間に……？」

すっかり冷めているそれを、夢中でほおばる。食べ飽きたと思っていたホブスも、空っぽの胃にはありがたいし、すっかり冷めてしまったお茶も、渇ききった喉には心地いい。

当たり前のように食べものが出てくる――それがこんなにありがたいことなのだと、いまさらになって気づく。

この宮殿に連れてこられてからこっち、誰にも感謝の言葉を告げていなかった。

アスラーンはもとより、ハミドを筆頭としたＳＰたちにも、志摩を褒めてくれたネシャートにも、ありがとう、の一言さえ。

不思議なことに、あれほど渦巻いていた憤りが、いつの間にかおさまっていた。

すっかり消えてしまったわけではない。まだ思い出せば苛つくし、腹立たしくもある。

だが、それを一方的に相手にぶつければ気がすむわけではない、と判断するだけの理性は戻っている。画面に書いたぶんだけ明確な文句となって残ってはいるが、吐き出すことで感情が整理されたのかもしれない。

「作家って、こんなもんなのか……？」

独りごちる自分を、不思議に感じる。

時間の過ぎるのも忘れて書いたのも初めてならば、こんなそばで他人が立ち働いていたことに気づかなかったのもまた、初めてだ。

小説を書いている最中でも、いつも心のどこかが冷めていた。外界の音や気配は、すぐに意識に入り込んできて、創作に没頭しようとする志摩の気持ちの邪魔をした。いや、そういったあれこれが気になってしまう程度にしか、書くことに夢中にはなれなかったのだろう。

それがひいては、作家に向いていないことの証明だったのに。

だが、今日の志摩は、まさに湧き上がるイメージのままに、書かずにいられなくなっていた。考えてみれば、ろくに寝もやらず砂漠をさまよっていたのだから、眠くなってもおかしくないはずなのに、いまは頭が冴えきっていて、創造の泉が湧き上がっているかのようだ。

だが、どうやら身体のほうが限界を迎えてしまった。

腹がいっぱいになったとたん、すさまじい気怠さが襲ってきて、絨毯の上に大の字に寝転んでしまう。いったん身体が横になると、もう立ち上がる力がない。

「ちくしょう……まだまだ書きたいことが、山ほどあるのに……」

寝食も忘れて書く、という経験自体が初めてで、そんな自分に浮かれているのに、いまは休むしかないのが、ひどく惜しい気がする。

目をつむれば、聞こえてくるのは、砂丘を吹き抜ける乾いた風の音。

それを邪魔するのは、志摩の内部から湧き上がる鼓動だけ。どくどく、と体内を巡る血流の響きが捉えられるほどの静寂が、砂ばかりの世界を覆っている。

満天を彩るのは、星々の瞬き。

地を埋めるのは、風紋を描きながら流れる、砂の音。

「起きたら、また書くぞ……」

誰が聞いているでもないのに、志摩はつぶやいた。

——その夜、話はまたあとで、と言った男は、ついに姿を現さなかった。

翌日も、また翌日も、それから一週間ほどのあいだ、アスラーンは戻ってこなかった。

6

「はあぁー。気持ちいい……。こんなにちゃんと風呂に入ったのは、何日ぶりだ」

鍾乳洞を思わせる蜂の巣天井《ハニカム・ヴォールト》を見上げながら、志摩《しま》はたっぷりと張られた湯に浸かり、ここ数日の疲れを洗い流していた。

とにかく書かねば気がすまない状態だったから、用意された食事で腹を満たし、眠くなったらごろ寝をする。目が覚めたら軽くシャワーを使って汗を流し、再びパソコンに向かう。

そんな生活を、一週間も続けていたのだ。

アスラーンに向ける怒りのほとんどを書き尽くして、ようやく一区切りつけようという気になったのは、今朝方のこと。

まっとうな人間の生活をとり戻すために、砂漠ではもっとも貴重な水を沸かし、貸し切り状態で使わせてもらっている。

お決まりの獅子の口から流れ落ちる湯以外に、志摩の思索を邪魔する音はひとつもないから、脳裏に刻まれた文章を反芻《はんすう》するのにはちょうどいい。

「上がったら、もう一度読み直して、次の章にかかるかな」

侍女たちが総出で摘《つ》んだ、湯船に散っている南国の花の——蘭の一種だろう愛らしい白い花を手にすくって、芳醇《ほうじゅん》な香りをいっぱいに吸い込む。

鼻孔から吸った甘い香りが、疲れきった頭にじんわりと染み込んでいくようだ。

たまにはこんな贅沢《ぜいたく》な気分を味わうのも悪くはない。

ゆったりと湯船の縁に背をあずけて、しばしぼんやりしていると、脱衣所のほうで何やら人の気配がした。皇太子専用の浴場なのだから、誰がいるかは知れたもの。

足音に続いて、円柱の陰から姿を現したのは、思ったとおりアスラーンだ。

(ずいぶん久しぶりな気がするな……)

たった一週間――でも、創造の世界に飛翔していた一週間は、刹那《せつな》のようでもあり、永遠のようでもあった。

そのあいだ、ひたすらアスラーンへの憤《いきどお》りを連ねていたのに、そういえば本人の姿を目にしなかった。公務が忙しかったのだろうか、獅子を名乗る男にしては、ずいぶんと倦怠感《けんたいかん》を露わにしている。

「――おや、おいでませ、バハール版草津《くさつ》の湯へ」

ふざけた物言いで迎えてやっても、返ってくる声にもいつもの迫力がない。

「何が草津だ。残念ながら温泉ではない」

「いやいや、温泉気分ですよ。トルコ風サウナではなく、ローマの公衆浴場風ってあたりがもう最高。やっぱりお湯に入らないと、風呂って気分じゃないよな」

「本当に、よけいな知識ばかりがあるな。いっしょに入ってもいいか？」

問うてくるアスラーンだが、すでに内衣は脱ぎさって、優雅に上着《ビシュト》を羽織っているだけだ。袖を腕に巻きつけるようにして組んでいるから、なんとか肌は隠れているが、目的が風呂に入ることだけではないのは、丸わかりだ。

長い脚で湯に入ってきて、志摩の前に立った男の股間から覗《のぞ》く、黒い下生えの中で、性器はすっかりその気で頭をもたげている。

「……なんか、ずいぶんとお疲れのようだね」

男が勃つのは、欲求不満か疲労困憊《ひろうこんぱい》しているとき――いまのアスラーンは前者でも後者でもあるようだ。琥珀《こはく》の瞳に宿る欲情が、痛いほどに志摩の裸体に向けられている。

だが、それは、志摩も同様だ。

パソコンにへばりついて没頭していたせいだろうか、頭の芯は怠いのに、身体は動きたがっている。じっとしていた時間のぶんだけ、身のうちに溜まった熱を発散させたがっている。

抑えきれない欲求が、志摩とアスラーンの視線を繋ぐ。

「目の前に、そのデカイの、おっ勃てられてると、目障《めざわ》りなんだけどね」

「これこそおまえを求める証《あかし》なのだぞ。――一国の皇太子をここまで夢中にさせていると思うと、優越感にも浸れよう」

ごくり、と自分の喉があさましく鳴ったのが、わかった。

それを聞きつけたアスラーンが、志摩の両脚のあいだに身体を捻《ね》じ込んで、身をかがめるなり、酸素でも欲するように唇に食らいついてきた。

すぐにも入り込んできた肉厚の舌に、感じやすい口腔《こうこう》内をまさぐられ、乱暴すぎる舌遣いに、息継ぎすらもままならなくなっていく。

「……ッ……、んんっ……」

合わさっては離れ、さらに深く重なっていく唇のあいだから、乱れた吐息といっしょに溢《あふ》れ出した唾液が、顎《あご》から喉へと幾筋もの流れを作っていくのもかまわず、ひたすら貪り続ける。

これはキスなどという、生ぬるいものではない。

まさに、食らいあっているのだ。飢えた獣のように。

いま必要な餌を与えあっている。もしくは、奪いあっている。

アスラーンは口づけの最中にも、志摩の胸を探るのは忘れない。そこを飾る小さな突起を摘《つま》んで、忙しい指の動きで弄《いじ》り回す。すでに身を堅くしはじめていたそれは、太い指の腹で数回ほど揉みしだかれただけで、立ち上がりはじめる。

それっぽっちの粒への愛撫が、奇妙な焦《じ》れったさとなって、じわじわと肌を撫でながら全身を火照《ほて》らせていく。その刺激に煽られて、食《は》みあった唇のあいだで舌が絡まりあうさまも、さらに獣じみていく。

「あっ、はあっ……」

なのに、何かが足りない。

こんな程度では、少しも満たされない。

バスタブに置いていた手をアスラーンの太い首に回し、強く激しく引き寄せる。

どうしてこんなふうに、自ら求めるようなまねをしているのか。

散々心地よさを教え込まれたから、しばらく放っておかれて身体が飢えているだけ、と自分に言い聞かせても、それで納得がいくわけではない。

（違うな……。欲しいんだ、こいつが……！）

目覚めてしまった欲望は、直に触れる肌からアスラーンにも伝わっているのだろう。

むろん、それ以上に性欲丸出しの男に、否やがあろうはずもなく。

大きな背を丸めるようにして、志摩の喉元から鎖骨へ、さらに胸元へと舌を這わせていく。

すでに凝《しこ》った突起に到達すると、色の薄い乳輪ごと口の中へと咥《くわ》え込んでしまう。

もう片方は、指先で摘んだまま、こりこりとした感触を味わうかのごとく、指の腹でこね回している。

両方の胸のさきから生まれた疼《うず》きは、下半身へと飛び火して、ただでさえ湯で温められていた股間を、身のうちから熱していくようだ。

（女でもないのに、なんで乳首でなんて……？）

うんざりしている間にも、アスラーンのもう片方の手は志摩の背を這い下りていく。

たどりついたさきで、まろやかな尻の肉をわしづかみにして、指が食い込むほどにぐいぐいと揉みしだきはじめる。

「あ……、んんっ……!?」

肌が戦慄《わなな》くほど鮮烈な感触に、ごくりと物欲しげに喉が鳴る。

自然と両脚が開いてしまって、そのことに気づいたとたん、羞恥からか、どっと額に汗が浮いてくる。湯を被ったのではなく、汗なのだと自分でわかるほどに、どくどくと身のうちが発熱しはじめている。

どうしてもいま、あの快感が欲しい。

尻に回されたアスラーンの指は、いまや双丘を押し開き、後孔をほぐしはじめている。親指と人差し指で、窄《すぼ》まりの周囲の柔肌を引っ張られる感覚に、ゾッと肌が粟立《あわだ》った。

いっぱいに開いたそこは、湯に浸かっていたおかげで簡単にやわらいで、何かを欲するかのように、はしたなく脈打っている。

じわじわと湯が染み込んでくる感触が、どこか常軌を逸《いっ》しているような気がしたのも一瞬のこと、それよりさらに異常な熱量が、いきなり狭い入り口を塞ぐように押し当てられた。

ひっ……！　と掠れた喘ぎが、志摩の喉元に絡む。

「欲しいのか？」

にやり、と豪胆に笑んだ男の、逞《たくま》しい亀頭部なのだろう。

尖った先端で器用に襞《ひだ》をまくるようにしてこじ開け、鬱陶《うっとう》しいほどの熱を押しつけてくる。堅く、熱く、苛烈《かれつ》な気配を発しているもの。

湯の温度より、さらにアスラーンの一物《いちもつ》のほうが熱いのか、入り口付近が灼《や》ける。火傷でもしたかのような錯覚に襲われて、気怠い下肢がびくっと弾ける。

「あ、熱いっ……！」

ずくずく、と脈打つ男の鼓動を、鋭敏な皮膚が感じとっている。

「少し、狭まったかな？」

切っ先を挿《い》れただけで、しばし志摩の反応を確かめて、アスラーンが怪訝《けげん》そうに問う。

もともとは受け入れる器官ではないのだから、やはり、間をおけば狭まってしまうものなのだろう。いちいちそれを確認されるのが、ひどく癪《しゃく》に障る。

「私的には、すぐにも貫いてやりたいのだが、処女に戻ってしまったのなら、少しゆっくりしたほうがいいか？」

「うるさいっ！　い、挿れろよ、早くっ……！」

再びの処女あつかいに、カッと頭が沸騰《ふっとう》した。

ほとんど売り言葉に買い言葉で、来い、とばかりに腰を浮かす。

「なかなか潔《いさぎよ》い男っぷりだ。それでは、遠慮なく……」

とたんに、繋がった部分を中心に、皮膚を裂かれるような鈍痛が広がってくる。

「ぐ、うっ……!?」

知らずに、志摩は息を詰める。圧倒的な質量にもずいぶん慣れたと思っていたのに、やわらいでいたはずの襞が、一気に緊張していくのがわかる。

それでなくてもアスラーンの亀頭部は、普通サイズではないのに、今日はいつもより張りきっているようで、狭隘《きょうあい》な場所を広げる動作を続けられて、圧迫感はひどくなっていく一方だ。

「……く……、ううっ――……!」

情けないのを承知で、志摩は喉を仰け反らせ、くぐもった呻《うめ》きを吐き出す。

皮膚も筋肉も、いまはがちがちに強張って、入ってくるものを拒否している。

「どうした、もうやり方を忘れたのか？　やはり、乙女ともなると、いちいち仕込み直さねばならぬのか。やれやれ面倒なことだ」

「うるさい！　誰が……乙女だっ……！」

「乙女だろう。怖がる必要はないぞ、優しくしてやる」

安心しろとばかりの甘いキスを、額に、瞼に、頬に落とされて、ふっと力が抜ける。

下肢での淫靡《いんび》な動きも手加減しているようで、くいくいと弾力感のある先端でくすぐるようにされ、湯の抵抗ゆえの緩慢《かんまん》な仕草も手伝って、しだいに強張りがほどけていく。

「ああ、そうだ。いい感じに緩んできたぞ。もっと力を抜け」

高処から命じる声音の魅力的な響きは、相変わらずだが、浴室という場でさらに強調されて、志摩の鼓膜を心地よく震わせる。

入り口付近ばかりを亀頭部で弄られると、かえって体内の空隙《くうげき》が焦れはじめる。

「う、んんっ……！　あ、遊んでないで、さっさと挿れろよっ……！」

「では、覚悟しろ」

言い終わらないうちに、アスラーンはわずかな距離を一気に詰めて、身体ごと重ねてくる。

その勢いで、肉の隘路をためらいなく進んだものに、ずんと音がするほど強く最奥《さいおう》を抉《えぐ》られて、志摩は声にならない悲鳴をあげる。

すっかり根元まで埋め込まれたものが、自分の身のうちでずくずくと楽しげに脈打っている。

「ちく、しょう……デカイんだよ……！」

「それが自慢だ。おまえもそのほうだ好きだろうに。こうして、中を抉られるのが……」

「う……、わぁぁぁ……!?」

その名のとおり飢えた獅子へと転じた男が、肉の摩擦が生み出す快感のすさまじさを知れとばかりに、ぐんぐんと容赦もなく腰を前後させる。

「……ひっ……ああっ！　や、やめっ……く、あぁぁ……」

柔襞《やわひだ》が裂けそうなくらいに激しく掻き回されて、内臓が迫り上がるほどに強く最奥を穿《うが》たれて、ますます好き放題に複雑に動くそれは、志摩の戸惑いなど知らぬげに、新たな刺激を断続的に送り込んでくる。

「き、きつぅ……、ふ、うんっ……」

「ふ……。きついのもよかろう？　前戯もなく突っ込まれても、この淫乱な穴は、嬉しそうにひくついているぞ」

埋め込まれたアスラーンの昂《たか》ぶりは、まるで発火しているようで、浸かっている湯がぬるく感じるほど情熱的な官能が湧き上がってくる。

「そら、もうこんなにとろとろになっている。気持ちよさそうに、俺のものに絡みついてくるぞ。ああ……たまらぬ。やはりおまえのここは最高だ……！」

志摩の両脚は、いまはＶ字に割り開かれて、アスラーンの両肩に支えられている。

乱暴に揺すられるたびに、宙に抱え上げられた爪先から水滴が飛び散っていくさまが、すさまじくみっともなく目に映る。

犯されている、まさにこの瞬間、力尽くで。

手加減なしの本気の突きが、最奥を鋭く抉る。

「……っ……、く、くそっ、だからデカイって……、いっ、うあぁぁっ……！」

そうやって散々志摩を乱しているあいだにも、獲物の胸で揺れる尖りを目ざとく見つけて、唐突にむしゃぶりついてくる。

「……っ……あぅっ！」

吸ったり、食んだり、転がしたりしたあげく、ほとんど弾みで甘噛みしたのだろう。

痛みと紙一重の刺激が、志摩の全身を走り抜けていく。

じん、と脳髄まで貫く、すさまじい官能。

「バ、バカぁ……、そんなとこ、噛むなよっ……！」

突発的に放った声が、四方を囲むタイルの壁面や、ドーム型の天井に反響するなり、耳障りな喘ぎとなって、甘ったるく志摩の耳に返ってくる。

（なんだよ、この声……。まるで、ねだってるみたいじゃないか？）

気持ちでは抵抗しても、身体はすでに志摩の意志を無視して、喜悦《きえつ》を追いはじめている。

「ちくしょう……、なんで、こんな……」

「すまんな。飢えてるのだ」

殊勝《しゅしょう》にもアスラーンは、本気ですまないと思っているらしく、わずかだが抽送《ちゅうそう》が緩んだ隙に、志摩はぜいぜいと大きく息を吐く。

「……ったく、勝手なんだから……。一週間も、放っておいたくせにっ……！」

「それは違うな。二度ほどようすを見にきたが、おまえはパソコンに向かってキーを叩いていた。私が名を呼んだのに、気づきもしなかったぞ」

「え……？」

「それだけ夢中だったのだろう。一心不乱という感じだった。だから、邪魔をしないようにそっと帰った」

「ふん……。それはお優しいことで——あっ、くうぅぅ……！」

唐突に、会話のあいまに鋭い一打を受けて、志摩の皮肉はあられもない嬌声《きょうせい》に紛れていく。

「仕事の邪魔はしない。——おかげで、少々でなく今日の私は欲求不満だ。だから、やらせろ」

なぜだか今日のアスラーンは、行為だけでなく、言葉遣いも常になく荒っぽい。

皇太子の威厳も放り投げ、ざばざばと湯を跳ね上げながら腰を使う男の苛烈な突きを食らって、鼓動は一気に高まっていく。

「や、やらせろ、だって……勝手なっ！　んぅっ！　あっ、あうっ……！」

それがどれほど乱暴な行為でも、すっかりアスラーンのやり方に慣らされてしまった身体は、むしろそのほうが嬉しいとでも言わんばかりに、昂ぶっていく。

体格差を如実《にょじつ》に表した力強さで、前後に激しく揺さぶられるだけで、痛みにも似た愉悦《ゆえつ》が背筋を這い上がり、眼裏《まなうら》にまっ白な光が明滅《めいめつ》する。

ゆっくりと引いては、前立腺を擦って押し込まれる熱情に、もう逆らうこともできず、より感じる体位へと、志摩は夢中で腰を蠢《うごめ》かしていた。

自然と浮き上がった尻のあわいを、乱暴に出入りする剛直は、湯の抵抗などないも同じだとばかりに、さらに力強さを増していく。

「あっ、はぁっ……！　いつ、いいっ……！　んふぅ……っ……」

仰け反った喉からこぼれる声は、媚びた吐息を含んで、いやらしい。

すっかり熟《う》れきった粘膜もまた、埋め込まれたものに自ら進んで絡んでいって、蒸れた愉悦を貪欲に味わっている。

欲しかったのだ、これが。

この情熱が。

この官能が。

自分を求める、獅子の咆吼《ほうこう》と、獣じみた欲望が。

「どうした？　後ろに挿れられているだけで、もう前までそんなに勃たせているのか？」

くす、と笑いを含んだ声で言われて、志摩はようやく自分の股間の変化に気がついた。

下生えの中、ひくひくと脈動しながら緩やかに頭をもたげているものを見て、すべての血管が沸き立つような屈辱に襲われる。

「こ、これは浮力だ……」

「浮力？　笑わせてくれるな、おまえはいつも」

確かに湯の中にあるそれは、浮力などではない自らの力で勃ち上がっている。

逃れようと腰を揺らせば、埋め込まれたものの存在をよけいに感じるだけになって、志摩は我知らず、あられもない声をあげていた。

「ひっ……！　くそっ……熱すぎて、鬱陶しいっ……！」

「おまえの中のほうがよほど熱いぞ。湯なんかよりずっと。そら……」

ぐいぐい、と敏感な部分を抉られて、揺れる腰が止まらなくなる。

「……っ……、あ、はあぁぁっ……！」

間断のない抽送に屈した尻が、あさましくうねる。

荒い息に上下する胸で、ふた粒の突起はまっ赤に熟れている。

溜まっていくばかりの熱の発露を求めて、性器はさらに首をもたげていく。

ちくしょう、と内心で毒づきながらも、志摩は両腕を伸ばして、さらなる陶酔《とうすい》を味わうためにアスラーンの長髪を指に絡めて、引き寄せていく。

肩口に食らいついてくるアスラーンの、どこか追い詰められた感のある迫力に、求められている実感を覚えて、ぞくりと肌が戦慄いた。

「はっ、すごっ……！　そっ……あっ、い、いいっ……。もっと奥っ……！」

喉からは、みっともないおねだりばかりがこぼれていく。

感じすぎて恐ろしいくらいなのに、そこまでアスラーンが余裕をなくしているのが、かえって志摩には嬉しく思えてくる。

圧倒的に有利な立場にいる男は、実は、飢えをしのぐために必死になっているだけなのだ。

(こいつは、本当に欲しい獲物でなければ、口にしない……！)

肉の隘路を無理やり広げられ、好き放題に掻き回される——屈辱でしかなかったその行為が、いまの志摩には、すさまじい優越感をもたらしてくれるのだ。

とはいえ、湯の中で安定感を失った身体は、志摩の意志とは無縁の動きで、湧き上がるばかりの官能を貪り続けている。

「あ、うぅっ……！　中、いっぱい……、あ、ひいっ――……！」

いっぱいに伸ばした両手で目の前の男の長髪をつかみ、ぐんぐんと容赦ない揺さぶりに耐えようとするものの、抱え上げられた両脚は、汗とも湯ともわからぬ滴《しずく》を弾きながら、あてどもなく宙を掻いている。

あさましく腰を搾《しぼ》れば、いっぱいに張り詰めた笠の部分が、粘膜を擦る感覚がダイレクトに伝わってきて、志摩は抑えきれぬ嬌声をあげて目の前の男にとりすがる。

「ひいっ！　いいっ……、そこ、もっと、……っ……ああっ――……！」

速まる律動に合わせ、しだいに高くなる喘ぎを、もうこらえることも放棄して、解き放つ。

湯船の中を覗けば、さっきは妙なことを浮力のせいにしたが、その効果は実際にあるようで、両脚を掲げられて尻まで底から浮き上がっている状態にもかかわらず、志摩の身体は深々と貫かれた交合部だけで、悠々と支えられている。

いっぱいに開いたその場所に突き刺さっている熱塊が、激しい腰遣いに合わせて出入りしている忙しないさまが見えるような気さえする。

「……くっ……もう、出すぞっ……！」

唸るように言った男の性器が、びくびくと痙攣《けいれん》しはじめて、終わりが近いと伝えてくる。

放出へと向かう脈動を聞きつけた志摩の内部もまた、ひどく敏感に、たわんで窄まったりと緩急つけた蠕動《ぜんどう》で、その瞬間を待ちわびている。

ふたりの身体に挟まれて、揉まれ続けた志摩の性器も、もう限界までそそり勃ち、ひくひくと絶頂の予感を示している。

胸の中、何かに挑むように、心臓は逸《はや》っていく。

体内を駆け巡る血流の音が、うるさいほど響いている。

抱かれているのは、志摩なのか、アスラーンなのか——そんなことはもはや、どうでもいい。

さらなる刺激を求める身体と気持ちが、志摩の中でせめぎあい、競いあい、いっそうの高処を目指していく。

「あ、はぁっ……！　お、墜《お》ちるっ……！」

絶頂の浮遊感と同時に、ありもしない失墜の感覚に身悶《みもだ》えて、志摩は両手につかんだ黒髪を強く引く。どくどく、と逞しい高鳴りを響かせながら合わさってきた男の身体に、両の手足を絡めて、とりすがる。

そのぶん交合も深まって、一際奥を抉られて、志摩は恐怖とも快感とも知れぬ叫びをあげる。

「……っ……や、あぁぁ……！」

瞬間、身のうちで弾けたものを、いっそう強く絞り上げたのも、もう本人の意志ではない。

急速に高まっていく官能に引きずられて、瞬時に高まった射精感を耐えきれず、志摩はぶるりと大きく身を震わせる。

志摩の中へと小刻みに腰を打ちつける男もまた、切羽詰《せっぱつ》まった身震いと同時に放埒《ほうらつ》に喘ぐ。

最奥に叩きつけられた飛沫の勢いはすさまじく、本当にこれが久々の行為だったのがわかる。

みっしりと繋がった肉のあわいに広がっていく感触も、常以上に粘性を帯びているような気がする。

その熱と濃度を感じとったとたん、限界まで追い詰められていた志摩の欲望は、ついに外からの刺激を受けぬまま、白濁した精を弾かせたのだ。

「はっ……、はあっ……」

余韻の麻痺を続ける身体は揺れるがままに任せて、ぐったりとバスタブの縁に頭をあずけて、仰け反った喉から、ただ荒い息を吐く。

アスラーンが最後の一滴まで志摩の中に放とうとするかのように、小刻みに腰を揺するたびに、隙間から入り込んでくる湯と混じって、精液は薄まっていく。

やがて律動自体が、中に放たれた精を掻き出す行為へと変わっていくのだ。

それが惜しいように感じられるのは、どこまでも気のせいでしかない。

どれほど放ったところで、しょせんは男でしかない志摩には、その種を生かす器官がない。

志摩自身が放った白濁もまた、湯の中にとけ込んでいってしまった。

（くだらない……）

無駄な行為だ、と思う。

何も生み出さない。何も形にならない。

そこに愛がなければ、どれほど深く繋がろうと、ただ快楽を追うだけの不毛さしかない。

（当然だけど、あんたと俺のあいだに、愛はない！）

いちいちそのことを、心でつぶやいては確認していることに、志摩自身も気づいてはいる。

気づいたところでどうだというのか。どうせ、飽きるまでの関係でしかない。

ふうっ、と大きく息を吐いて、胸苦しいほどの絶頂のあとの興奮を静めようとするが、アスラーンの性器は一度の吐精で満足する気配もなく、まだ厳然と志摩の中にその存在を刻み込んでいるから、内部の疼きはいっこうにおさまってくれない。

それにしても、やはりいつもより絶頂が早かった。ずいぶんと余裕がなかった。

志摩が執筆に夢中になっていたあいだ、本当に我慢していたのか。

それとも、公務のせいで疲労困憊しているだけなのか。

どちらにしろ、欲求を吐き出す相手は、いくらでもいるはずなのに。

「あんたさ……たまには後宮《ハレム》に行ってやれば。妾妃たちが、喜んで迎えてくれるぜ」

まだ整えきらない息のあいだから、切れ切れに言ってやると、目の前の男がどこか嬉しそうに口角を上げる。

「それは焼きもちか？　本当に私が、妾妃を囲っていると思っているのか？」

「え？」

本当にも何も、志摩は実際に、アスラーンと妾妃たちの戯《たわむ》れを見てきたのだ。目の前で本番におよぶことはなかったが、肌を露出させた衣装でアスラーンにすり寄る彼女らの狙いがなんなのか、わからないほど鈍い志摩ではない。

「だって……、後宮には妾妃がいるって、言ったじゃないか」

「最初に言ったはず。盗賊集団も芝居だと。この宮殿は私の趣味であり、同時に、古き良きアラブの雰囲気を味わいたい客を歓待する場でもある。――むろん後宮も、雰囲気作りの一環でしかない。彼女らは、仕事で妾妃の演技をしているだけだ」

演技だって、と志摩は唖然《あぜん》と目を瞠《みは》った。

「だって、中には、あんたがさらってきた女もいるって？」

「そうだが。私のそばで働きたいと望んだ者にだけ、仕事を与えているにすぎない。客がいないときには、普通に秘書や事務職をしているぞ」

「で、でも、俺を逃がしたのは、妾妃の一人で……」

あの片言の日本語の、奇妙な女。志摩を逃がすふりをしながら、砂漠へと追いやった。

どう考えても、アスラーンの寵愛《ちょうあい》が志摩に注がれていると勘違いした妾妃の仕業《しわざ》、としか思えないのに。

「ああ。中には、私の恋人になりたいと望んでいる者もいるようだが。後宮などという場所にいると、この国の女でさえ、錯覚してしまうということだ。だが、仕事関係の女には、決して手を出してはいない。——だいたい、ネシャートがいる以上、他の女に男子ができては、問題が複雑になるだけだ」

「じゃあ、後宮の女たちとは、本当に肉体関係が、ない……？」

「ないな。確かに教義では、四人の妻を持つことが許されているが、それも、もとはといえば、夫を亡くした女たちの生活を守るためのものだ。——現在では、何人もの妻を持つ風習はない」

アスラーンは、よくよく考えれば当たり前のことを説明してくれた。

いまのバハール首長国で、生活に困る者はいない。福祉政策は湾岸のどの国にも劣らない。生活に困らない時代に、教義にあるから許されるはず、と勝手な理屈で何人もの妻を迎えれば、欧米諸国に男女差別と受けとられかねない。

「父上も三人の妻を持っていたが、離婚をして再婚するという、体裁を整えていた」

もともとバハール首長国での結婚は、契約の意味合いが強い。

離婚するさいには、ネシャートの例を見ればわかるように、妻は夫から婚資金《マフル》を受けとることができる。もっとも油田をもらえる妻など、ネシャート以外にそうはいないだろうが。

「けど……性欲旺盛なあんたに、女がいなかったとは思えないぞ、俺は」

「ネシャートがいるのに、他の女は必要なかろう」

「うそだ！　あんな細腰の奥さんで、あんたが満足できるわけがない！」

「確かに、たまには遊びもした。みな、それぞれ自立した女だった。子供は作らないとの約束で、肉体関係のみと割りきったつきあいだったが」

「どんな約束だろうと、妻子ある身でそれをしたら、浮気なんじゃないか?」

「そのとおりだ。——だからこそ、離婚のさいには、それを原因のひとつとして、私自身が非を認めた。いまさら隠しだてする必要もない」

「じゃあ、俺は、あんたの妾妃になりたいって夢見てる女のせいで、砂漠で命を落としかけたってのか?」

「こんな宮殿に住んでいると、ときには夢を見るのだろう。アミールの子供を産めば、国母《こくも》になれるかもしれないと」

国母——次代のスルターンの母、それがこの国の女の至上の夢なのか。

さほどそれがすばらしいことのように思えないのは、志摩が日本人だからだろうか。だが、そうではないらしい。

「——それが、幸せに繋がるわけではないのにな」

アスラーンは、誰にともなくつぶやいた。

「あんた、時々まっとうなことを言うんだけどな」

「そうか?」

王家に生まれた者の悲哀を、その身に染み入るほどに味わってきた、男。

傍目《はため》には、奇跡のように幸運な人生に見えようとも、その立場になってみなければ本当のところはわからない。そして皇太子はお一人様限定の地位だから、彼の苦悩も希望も責務も——そのすべてを知る者は、彼しかいないのだ。

「確かに私は恵まれている。だが、そのぶん、重いものを背負ってもいるのだ。皇太子になりたい者がいるなら、喜んで譲《ゆず》ってやる。だが、完璧にその責務を果たすと誓えるならばだが」

ご立派な覚悟だと思う。国を背負うなんて、誰にでもできることじゃない。

たぶんこの男なら、子供を盾《たて》にして身を守っているスルターン・ナジャーとやらより、よほど立派なスルターンになるはず。

小さくても豊かなバハールを、さらに偉大な国家へと導いていくだろう。

「——それで、俺に突っ込んでなけりゃ、本当にご立派なんだけどな」

湯中《ゆあた》りしそうなほどの熱気の中で、志摩はつくづく思うのだ。

こんな真剣な会話を、男を抱いたままでするなんて、確かに大物かもしれないが、志摩にとってはひたすら迷惑なだけだし、アスラーンの悲哀など帳消しにしてやって当然だ。

「おや、忘れていた。なんだか気持ちがいいと思っていたが」

「いいんだろうよ、そっちは。——こっちは大迷惑だ！　マジで湯中りする前に、さっさと抜いてくれって——ッ——？　あっ、何っ……！」

「さて、続きをやろう。ずいぶんと待たせてしまったようだ」

「う、動かすなってば！　――ってか、まだやるのか、ここで？」

「ああ、このままでは、ふやけそうだな」

ようやくアスラーンの一物が抜けていって、志摩はひゅっと喉を喘がせる。

みっしりと後孔を穿っていたものがなくなったのだから、解放感に満たされていいはずなのに、志摩が味わったのはすさまじい失望だった。

（え？　これで終わり……？）

そう思うこと自体、自分に対する裏切りでしかない。

だが、アスラーンは期待を外すような男ではない。どんなときにも、かならず。

「では、次はベッドで」

そう言って、志摩を抱きかかえると、ザバッと飛沫を弾かせて立ち上がる。

ぐるりと視界が半回転したと思うと、目に入ってきたのはアスラーンの背中だった。この体勢はまずい。まるで麻袋のように肩に担ぎ上げられているから、ちょうど志摩の尻は、アスラーンの顔の真横あたりにくる。

支えている手のひらは、ウエストよりもむしろ尻を押さえている。

いや、撫でるように動いているというほうが、正しいだろう。

「ちょ、ちょっと待て……！　素っ裸だし、荷物じゃないし、次ってなんだよ……？」

「朝までたっぷり可愛がってやるぞ。ずいぶん放っておいたから、二度や三度で満足はすまい。

たっぷり注ぎ込んでやるから、安心しろ」

志摩の腰に頬ずりしながら、支えていた指を、ぬぷっと後孔へと差し込んでくる。

「う、ぎゃっ……!?」

突拍子もない声をあげて、寝室へと運ばれていく志摩の運命を知るのは、夜空に浮かぶ月ばかり。とはいえ、満足するまでバコバコなのだろうことは、誰にも想像できる展開だった。


——静けさに満ちた、朝まだき。

ようやく汗の引きはじめた身体を寝乱れたベッドに横たえたまま、志摩は鬱陶しい熱を発散させきって、いまは奇妙な諦念《ていねん》を漂わせている男を見つめる。

「で、何かあったわけ?」

志摩の問いに、アスラーンは苦笑する。

「わかるか?」

「あんたさ、俺様の傲慢《ごうまん》顔で周囲を煙に巻いてるけど。隠し事のできるタイプじゃないよ。何か気がかりなことがあったんだろ。いつも以上にハードだったのは、それを忘れたかったとかだろ。まったく、こっちの身体のことも考えろって。ああ、腰が痛ぇ……」

本気で呻くと、伸びてきたアスラーンの手が、志摩の腰をさすってくれる。

傲慢男のめったにないご親切ほど、不気味なものはない。

よほど気にかかることがあるのだろう、と思いつつ、せっつくことなく待っていると、やがてアスラーンがぽつりとつぶやいた。

「長老会議《バルラマーン》に呼ばれた。父上を……スルターン・ナジャーをお諫《いさ》めしろ、と」

「バルラマーンって、何……？」

「この国には、王家とは別に、宗教的指導者がいる。もともと我らは、二千年以上前から遊牧民として、この地に住んできた。アル＝カマル一族を含めて十二の部族だ。重大な問題がおこったときには、それぞれの部族の長老が集まって話しあう。——それは、いまも変わらず続いている。スルターンの専横《せんおう》を防ぐために、国民から多大な信頼を得ている長老会議《バルラマーン》の存在は、必要不可欠なのだ」

「その長老さんたちが、スルターン・ナジャーを諫めろ、って？」

それは無理じゃない、と志摩は皮肉に口元を歪める。

皇太子の言葉を聞くくらいなら、経験豊かな長老たちの忠言にすでに耳を貸しているはず。

「ここ数日、何度か父上に長老会議《バルラマーン》の意向をお伝えしたのだが、聞く耳を持ってくださらない。だが、私もずっと、いまの父上の行状は目にあまると感じていた」

「ふうん、どんな行状かな？」

「…………」

「言いたくないか。けど、なんとなく想像がつくな。月《カマル》の力とかを持ってる子供たちのことじゃないの？」

「いい勘だ。——もっとも、おまえは最初から、それが気にくわなかったのだったな。子供を盾にするようなスルターンでいいのか、と」

「誰だっていやな感じがするさ。だいたい、この国は平和で豊かなんだし、王家の立場も揺るぎはない。そんなに必死になって、自分の身を守る必要があるのかよ？」

オイルマネーで潤った、なんの不足もない裕福な国のスルターンが、子供の盾で囲まなければならないほどに、自分の命を守ることに必死になる——それ自体が、もう人の上に立つ者の所行ではない。

「父上もまた、幼いころに月《カマル》の力を持っていた。だからこそ力の有益さも知っているし、それをなくしたときの失望も深かったのだろう」

「だから、代わりの子供を捜したって？ あー、やだやだ。度胸のない王様だね。だいたいそれって、周囲の誰も信じてないって証拠じゃない？」

「——反論の余地もない。長老たちも私も、何度となく父上に意見したのだが、聞いてはくださらなかった。逆に、自分の身を守ることばかりに固執してしまわれて。最近では宮殿から出ることを恐れ、公務すらおろそかになっていた」

「王政の欠点だな。無能な王でも退位させる手立てがないってのは」

「なくはない。長老会議《バルラマーン》の総意であれば、スルターンを退位させることができる。彼らの決断は、王族でさえ拒むことのできない民意だ。——しかし、できれば私は、以前の父上に戻っていただきたいのだ」

「へえー。身内には意外と甘いんだ。他人の人生なら、平然と踏みにじるくせに」

「…………」

いつもなら、それのどこが悪い、と身勝手な答えを返してくるだろう男が、無言で視線だけを流してくる。まっ昼間の太陽の下でなら、うんざりするほど鮮やかに輝くその琥珀の瞳の、常になく昏《くら》く淀んだ色が気にかかる。

朝まだきの薄闇のせいだと思い込もうとしても、それが決して物理的な理由からではないと、志摩は気づいていた。

逞しい身体のうちに、どんな葛藤《かっとう》が渦巻いているのか。

すでにスルターンとして威厳すらなくなった父親を、これからも守っていくのか。

いっそ、長老会議《バルラマーン》がスルターン退位の決断を下してくれれば、と胸のうちでは思っているのかもしれない。

(あんたが、スルターンになればいいのに。きっといい王様になるよ)

しょせんは他人事だから、志摩は簡単に考えるが、口には出さない。

アスラーンにとって、スルターン・ナジャーは、王である以前に父親なのだから。

「大変だな、王族ってのも」

身を起こすと、志摩はアスラーンの頬に手を添えて、掠めるような口づけを送ってやる。

間近にある琥珀の瞳の虹彩《こうさい》が、まん丸に広がったのを見て、散々驚かされたことへの報復としては物足りないが、少々なりとも溜飲《りゅういん》をさげる。

「なんだよ、その顔。慰めてやってるんだぜ。少しはありがたがれよ」

「ありがたがったら、もっとしてくれるのか？」

「ん？」

「その唇で慰めてくれるなら、もっと他にしてほしいことがある」

「他にって……？」

アスラーンは人差し指を、自分の股間へ向かって、くいっと曲げた。

指先を追っていくと、何度も志摩の中で弾けた性器が、ようやくおとなしくなって休んでいる。

そんなものを唇で慰める——その意味がわからないほど、志摩も初《うぶ》ではない。

「ちょ、ちょっと待てっ……！　む、無理だから、それ……」

思わず身を起こすなり、じりっと後退る。

「私は、何度となくしゃぶってやったぞ——性器だけでなく、後孔も、いつもたっぷり嘗《な》めてやってる。アミールにやらせておいて、おまえはできないというのか？」

「あんたは、勝手にやってるだけだろう……ってか、同性だからいやとかっていうより、大きさを考えれば無理だって。先っぽだけがやっとだ……」

「先っぽだけでも、じゅうぶんなのだが」

「だめだ！　フェラしてもらったあとのキスもいやだけど、散々やりまくったもんを咥えるのは、もっといやだ！」

「色々と好き嫌いが多いやつだな」

「これがまっとうな感覚だ！」

「では、あとの楽しみにとっておくか。私がひと仕事終えて、またいっしょに風呂に入る機会が巡ってきたときにでも」

「また、って……」

それこそ冗談ではない。こんな虜囚《りょしゅう》の日々を、いつまでも続ける気はない。

いったいいつになったら、アスラーンはこの遊戯に飽きてくれるのか——まだ少しもその日が見えてこない。なのに、以前ほどじたばたと、あがく気がない。

アスラーンは、やることなすこと常識外れに見える。日本語も堪能なわりに、ちっとも人の話を聞かない男だし、一生わかりあえないタイプだと思っていたが。

だが、そうではない。

他人の話に耳を貸さない父親のことで、これほど悩んでいる男が、志摩の声を聞かないはずがない。ただ、ちょっと、出会ったときの状況が悪かっただけ。アスラーンがもっとも揺らいでいるときに、志摩は現れてしまったのだ。

皮肉な物言いで、不要にアスラーンを煽ってしまった。

（巡りあわせ、ってやつか……）

最初は奇妙な形ではじまってしまった関係だが、いまならきちんと話をすればわかってくれるはず。志摩が本当に望めば、解放してくれるだろう。

それがわかるから、焦《あせ》りはない。慌てて逃げ出したい気にもならない。

重なる肌の感触をもう少し味わっていたいと、むしろ余裕でそんなことを思っている。

「では、いまはキスだけで我慢してやる。慰めるなら、もっと濃厚にしてくれ」

アスラーンの手が、志摩の髪を優しくつかむ。

「図に乗って……」

「いけないか？　私はアミールだ。図に乗るのは、得意技だ」

引き寄せられるままに、志摩はアスラーンの身体に覆い被さっていく。

ゆったりと唇を触れあわせ、舌先を絡ませて、弾力のある感触を味わいながら、じょじょに深めていく。ぴしゃぴしゃ、と濡れた音が響いても、それを恥ずかしいと感じることもない。

このままいい気にさせておくと、いずれ本当に口淫を求めてきかねない。

そして、今度は応えてしまいそうな、自分がいる。

男と恋愛する気などさらさらないし、この関係に、その言葉はふさわしくない。

なのに、アスラーンが望むなら少々のサービスはしてやってもいいか、と思っている自分は、本当にもうどうかしている。

（まったく……調子づいたアミールほど、やっかいなものはないな）

今度いっしょに風呂に入るときには、本当に無理難題を押しつけてくるかもしれない。

得意げに、アミールならば許されるのだと、言って。

さて、そのときの逃げ口上をいまから練っておかなければ、と志摩は思いつつ、深まるばかりの口づけに溺《おぼ》れていった。

7

快楽のあとの甘怠い微睡《まどろみ》の中にいた志摩は、突然の爆音に叩き起こされた。

「……ん……、な、なんだ……？」

半濁のままあたりをまさぐって、隣に寝ていたはずの男の体温がないことに気づく。

のろのろと頭だけ上げて、すっかり明るくなった部屋の中を見回した。

アスラーンはすでにベッドから抜け出して、身支度をはじめていた。白いトーブのウエストに、普段はしないはずの腰紐を巻いているところだ。そこに優雅に上着《ビシュト》を羽織る。

「何、あの音、砂嵐とかじゃないよな？」

志摩の問いにアスラーンは、くいっと顎をしゃくって、窓の向こうを示す。

すっかり中天に上った太陽の光が、空を飛ぶ何かに反射している。

「あれ、ヘリコプターか？」

だが、アスラーンやネシャートがいつも使っている小型のヘリとは、音の迫力が違う。

小さな光点だったそれが、一気に近づいて形になる。空と砂漠にとけ込むライトグレーに迷彩塗装されたそれの、厳《いか》つい異様は明らかに軍用のものだ。

「何、あれ？　ちょっと怖いんですけど」

「軍用ヘリだ。なんの報《しら》せもなしに、いきなり出ばってくるとは、よほどのことだな」

「よほどのこと、って？　演習か何か？」

問いながらも、そんな呑気《のんき》なことではないだろうとの予想はついた。

間近にヘリコプターが着陸した気配がして、宮殿のあちこちで、ざわめきがおこる。

飛び交う怒声。忙しなく駆け回る足音。それらが、まっすぐにこちらに向かってくる。

何かは知らないがよほどのことがあったのだろうと、志摩が慌ててジーンズを穿《は》いているところに、ハミドの声が聞こえてきた。

「殿下！　ジャラール閣下がお目通りを願いたいと、参っております！」

叫びながら、無礼千万《ぶれいせんばん》にもノックもなしで、部屋に飛び込んでくる。

「ジャラールが？　元帥自らのお出ましとは……さても、大仰《おおぎょう》なことだ」

鷹揚《おうよう》に言いつつアスラーンは、仕上げとばかりに精緻《せいち》な装飾の施されたジャンビーヤを腰紐のあいだに差し込んでいる。こうして武器を身につけたのは、最初に盗賊集団を演じたときだけ。

だが、これは、観光客向けの大仕掛けな芝居ではない。常に冷静なＳＰであるはずのハミドの慌てぶりが、それを物語っている。

大人数の足音が近づいてきたと思うと、クフィーヤを被ってはいるが、明らかに軍人だとわかるカーキ色の制服の集団が現れた。

ハミドのような個人を警護するセキュリティ・ポリスとは、役目が違う。

警察ではなく、軍隊なのだ。つまり、護衛もするが、攻撃を任務とすることもある。

髭《ひげ》を蓄えた恰幅《かっぷく》のいい中年の男が、一歩さきんじて他の兵を率いている。この男がジャラール閣下とやらなのだろうか。元帥というからには、軍部の最高責任者だ。

アスラーンに向かって敬礼すると、アラビア語で何かを報告しはじめる。『報告』だと思ったのは、態度と声の調子からで、内容はむろんさっぱりわからない。

アスラーンがうなずきながら、やはり意味不明の言葉を返す。

語調がいつもよりキツイし、態度も高圧的で横柄《おうへい》なのは、相手が軍人だからなのか、それとも状況がかなり切迫しているからなのか——どちらもという気がする。

話しあいが続いている間に、志摩はこそこそとシャツを羽織って、身を整える。

やがてアスラーンが志摩を振り返った。

「志摩、緊急事態だ。私は行かねばならん」

「行く、ってどこに？　俺はどうなるんだよ？」

慌てて志摩は、ハミドとともにあとを追おうとする。振り返ったアスラーンが、志摩ではなくSPであるハミドを制する。

「ハミド、おまえは来なくていい。ここに残れ。青い悪魔《アル・アズラグール》の連中も置いていく」

「ですが……！」

「これは命令だ。いまはここを守る者が必要だ。特に貴様《きさま》は連れてはいけぬ」

主の言いようで何か閃いたのか、ハミドはその場に硬直したように足を止めた。

いままでも留守は、ハミドに任されていた。だが、それは単純に、彼がもっとも日本語が堪能だからで、志摩の話し相手のようなものだった。

軍用ヘリが迎えにくるほどの事態がおこった以上、もっとも信頼できるSPを連れていくのが筋のはずなのに、と奇妙に思いながらも志摩は足早にアスラーンに歩み寄る。

「何があったんだ？　ハミドを連れていけないって……よほどのことか？」

「王宮で騒動があったようだ」

「王宮で？」

「近衛《このえ》師団の一部隊が宮殿を占拠して、父上を監禁したらしい」

「な、何っ……？」

「おまえはここに残れ。首都への交通網はすべて封鎖された。いまの状況では、ここにいるほうが安全だ。詳しい状況がわかりしだい、迎えを寄こす」

「え？　でも……近衛師団って……？」

近衛といえば、王室警護が任務のはず。

それがスルターンを捕らえて監禁するなんて、そんなバカな、と志摩は目を瞠る。

「物知りなおまえならわかろう。近衛の兵がスルターンを監禁するなどということは、あってはならない。だから一大事なのだ。父上を解放する条件に、私との直接対話を要求している」

「ま、待てよっ！　それ、あんたをおびきだそうとしてるんじゃ……」

「危険を恐れて、皇太子などやっていられるものか。こういうときのために私はあるのだ。彼らが何を望んでいるにしろ、話しあいの姿勢を見せている以上、行かねばならん」

軍兵は宮殿を出るなり銃を手にして、あたりを警戒しながらヘリへと向かっていく。その中心にアスラーンがいる。ここで回れ右して安全な場所に戻ることなど、ジャラール元帥とやらが許してくれないだろう。

それ以上に、アスラーンには逃げる気が、さらさらない。

向かうべき場所は決まっている。覚悟もとうにできている。それゆえの皇太子なのだから。

その肩に、ピィイーッと高い鳴き声を響かせながら、隼《はやぶさ》が舞い降りてくる。

自分もお供するべきとでも思っているのか、羽毛に覆われた身体を、甘えるようにアスラーンの頬にすり寄せている。

「おまえも残れ。これから向かうのは人の欲に満ちた場――猛禽《もうきん》の爪では役に立たぬ」

そう言って腕を差し上げ、隼を放つ。自由な空高くへと。

そのまま空を仰いで、自らに語りかけるように、告げる。

「私は信じている。近衛の兵が決起したのは、国のためだ。これだけは誇りを持って断言できる。バハールにはただのひとりであろうと、国を思わぬ兵士はおらぬ。――彼らが私と話がしたいと言うなら、どこへでも足を運ぼう」

いままで見た中で、もっとも威厳溢れた表情で。それでいて、優しさに満ちた瞳で。

「――この国のために捧げた命だ」

わずかなためらいもなく言いきる男の、眩《まぶ》しいほど凜々《りり》しい横顔。

「……殿下……」

これが王家の者か。国をその肩に背負っている者の、覚悟か。

王直属の近衛兵ともなれば、選《え》りすぐりの兵士ばかりのはず。その男たちが武器を手にして自らの主を捕らえ、王宮に立てこもっている――そんな危険な場所へ出向く。

それが、皇太子の役目だから。

この宮殿に連れてこられてからこっち、ずいぶん理不尽なめにあった。どうして誰もアミールの暴挙を止めないのだ、と腹立たしい思いをしたのは一度や二度ではない。

だが、少々のおいたくらい、不問に付されるのも当然だ。

いざとなれば、こうして、本当に命を懸《か》けるのだから。

「志摩、ハミドを頼む」

振り返ったアスラーンの手が、志摩の肩をつかむ。

「決起した近衛の兵の中には、ハミドの兄もいる」

「え……?」

「どんな結果になるかは、行ってみなければわからぬが。最悪、国家反逆罪として、一族連座の罪に問われる可能性もなくはない。──ハミドが先走って愚かなまねをしないように、見守ってやっていてくれ。他に頼れる者がいない」

志摩を見つめるアスラーンの瞳の金色の輝きに、すがるような真剣さが滲《にじ》んでいる。

肩に置かれた手のひらから伝わってくる緊張は、命懸けの交渉に赴くことへの不安からではない。罪に問われかねない、ハミドのためなのだ。

これが、アミール・アスラーン。自ら、獅子王になると明言した男。

「では、あとを頼むぞ」

それだけ言って、兵士たちに守られながらヘリコプターに乗り込んでいくアスラーンの背中を、志摩は目に焼きつける。しょせんよそ者である以上、見送ることしかできない。

「無事で、いてくれ……」

つぶやきは、砂漠を吹き抜ける風にさらわれて、誰の耳にもとどきはしなかった。


軍用ヘリが飛び立ったのを見とどけて、志摩は急いでアスラーンの部屋に戻った。

ハミドはまだ、悄然《しょうぜん》とたたずんだままだ。

「急いで、ネットに繋がっているパソコンを起動させろ。情報を集める！」

何かをしていれば、よけいなことを考えずにすむから、あえてハミドに仕事を頼む。

だが、インターネットで検索してみても、日本はもとより海外メディアでも、バハール首長国で事件がおこったとの情報はない。

「何もないな。少なくとも、まだ海外には伝わってないみたいだ。ハミド、アラビア語のサイトを調べてくれないか」

近隣諸国のサイトにも、バハール首長国での異変は示されていない。ただ、強力な砂嵐が近づいているから外出を控えるように、というニュースが流れているようだ。

道路や空港の封鎖も、軍部の動きも、すべてを嵐のせいにして、その裏で極秘に策戦を進行させているのだろう。観光の国でもあるのだから、それも当然かもしれない。

「だめだな。完璧に情報統制されてる。王宮で何がおこっているかは、知りようがないな」

志摩が、お手上げだ、と肩をすくめる。

だが、ハミドのほうは、状況を理解しているようだ。

「スルターン・ナジャーの退位を迫って、兄たちが……近衛の兵が決起したのです」

「ハミド……」

「遠からず、そうなるのではと思っていました。スルターン・ナジャーは、長老会議《バルラマーン》の意向も、アスラーン殿下の忠告も無視なされた。ならばもう、強硬手段をとるしかない。――近衛が動いたのなら、そういうことなのではないかと思います」

「長老会議《バルラマーン》って、そんなに権威があるのか？」

「むろんです。王家以外の十一の部族の長老の意見が一致すれば、スルターンに退位を勧告することもできるのです。――ですが、これが、勇み足でなければいいのですが。もしも長老会議《バルラマーン》の命令なく、近衛が動いてしまったのであれば……」

サングラスに隠れて瞳は見えないが、その表情が苦渋の色に染まっているのはわかる。

アスラーンが、一族連座の罪になりかねない、と言っていたのは、そういうことなのだ。長老会議《バルラマーン》に承認された行為なら、正当。だが、勇み足なら、国家反逆罪。

「スルターン・ナジャーが退位なさり、殿下が跡をお継ぎになる――それしか事態を沈静化する方法はありません。ですが、王族に銃を向けた以上、決起した者たちは無罪放免とはいかないでしょう。次代のスルターンの胸三寸ですが、一族すべてが獄に繋がれる可能性も……」

「あのな、次代のスルターンはアスラーンだろう。獅子王は寛大な方だと常に言っているのは、おまえなんだぞ。信じないでどうするよ」

「……はい……」

「おまえは何があっても、俺を守りとおさなきゃならないんだ！　俺を無事に日本に帰さなきゃならない――それがアスラーンのSPとして使命だろう。違うか？」

らしくもない志摩の説教が効いたのか、ハミドはさきほどまでの強張った表情を、ほんの少しやわらげた。

「わかりました。あなたをお守りします。それが最後の使命になるかもしれない……」

「だから、そーゆー昏い考えはよせって」

ばんばん、と志摩はわざと明るく言って、ハミドの背を叩く。

だが、彼だけではない。この宮殿にいる誰もが、不安を抱えているはず。この一件で、もしも血が流されるようなことになれば、治安のよさを誇るバハール首長国の信頼が揺らぐ。

「いっしょに来い。あっちこっちでおたおたしてる連中に、発破《はっぱ》をかけないと」

よけいなお節介は趣味ではないが、いま冷静でいられるのは部外者である自分だけだからと、志摩はハミドを従えて、宮殿のあちこちで嘆いている者たちのもとへと向かったのだ。

(――ったく、こういうことをやらせるなよ。俺のガラじゃないっての)


「いままで何を見ていたんだ、俺は……?」

宮殿をひと巡りして自室に戻ってきた志摩は、ぽつりと独りごちた。

アスラーンの客人の権利を行使して、うろたえる侍従たちを、励ましたり、慰めたり、仕事を命じて回っているあいだ、ひたすら客観的な立場でいようとしていたおかげで、初めて穏やかな目でこの宮殿を眺めることができた。

何度も『すごい』と口にしながら、その実、表面的な部分しか見ていなかったのだと、いまならわかる。鮮やかな彩《いろど》りの紋様も、精緻な彫刻の数々も、こんなにも明瞭に目に入るものの美しさを、少しも心に刻み込んでいなかった。

砂漠に生まれた民族の、昼には太陽に灼かれ、夜には急激な冷気に凍《こご》え、椰子《やし》の葉に溜まった水の一滴で命を繋ぐような暮らしの中で、神にすがることしかできなかった者たちの祈りの結晶が、この天上の宮殿《ジャンナ・アル・カスル》なのだ。

「俺の観察眼なんて、たいしたことないな……」

いつの時代に造られたのか、金沙《きんさ》の砂丘が永々と連なっているだけの砂漠の中に、これほどの建造物を築き上げた、その執念。

王家のためにだけではなく、たぶん神のために、祈りのために、祝福のために。

無限に続く紋様の中に描かれているのは、この砂漠で生きてきた者たちの、心だ。

——生きろ、精一杯。人は生きねばならない。

「書こう……！」

思い立つなり、志摩はパソコンの前に陣どった。

日本にいるあいだ、志摩は選ばれた作家の才能に羨望《せんぼう》と嫉妬《しっと》を抱きながらも、それを越えようとする努力をしてこなかった。

自分には才能がないのだと決めつけて、どこかで手を抜いていた。

楽な道を選んでいた。狡猾《こうかつ》に立ち回ることが、賢い生き方だと思っていた。

ひとすくいの水を求めて砂漠をさまようように、必死に生きたことなど一度もなかった。

この宮殿に連れてこられて以来、すさまじくひどいめにあいはしたが、それでもここに来なければ、いまも知らなかっただろう。生きるということの、本当の意味を。

(いま、書かないと……!)

二度と経験できないだろう、国を巻き込むほどの大事件のただ中にいて、呆然としているだけなんて、創作に関わっている者としてあまりに愚かすぎる。

胸を塞ぐ切なさを、やり場のない憤《いきどお》りを、息苦しいほどの緊張感を、そして、ほとばしる命の美しさを——すべてを書いてしまわなければ。

この生の感情を、と体内から湧き上がるものに急《せ》かされるように、夢中で両手を動かす。

放っておけば、薄れていってしまうだけのものだから、いまは書く。

ただひたすら書くのだ。自分が経験したすべてのことを。


何かが頬に当たるなと、志摩はぼんやり思う。

どうやら肩に止まっていた隼が、相手をしてほしくて、突っついているようだ。

アスラーンが行ってしまってから一週間――主のいない寂しさからなのか、すっかり志摩に懐いてしまった。

その間、情報収集はハミドに任せて、志摩はパソコンの前にへばりついていた。

「――志摩創生《そうせい》か？」

曖昧《あいまい》な思索の海の中で、ふと誰かに名を呼ばれた気がした。

書くべきことをすべて書き尽くして、推敲《すいこう》作業にとりかかっていたところだったから、呼び声を認識するだけの余裕はあった。

一瞬早く、隼が肩から飛び立って、入り口に立っていた男のもとへと向かっていく。

（あれ？　なんかあいつ、見覚えがあるぞ……）

金の刺繍《ししゅう》の縁飾りが施された黒い上着姿《ビシュト》や、上から目線の呼びかけや、いかにも偉丈夫《いじょうぶ》といった面立ちが、どこかアスラーンに似ている。たぶん王族のひとりだろう。

すいと差し出され右腕に、ようやく隼は自分にふさわしい居場所を見つけて、降り立った。

「――もしかして、アミール・サイードですか？」

第四王子のサイードなら、シークレットフロアで見かけたことがあるかもしれないから、この既視感《きしかん》にも納得がいくと、閃くままに問いかける。

「そうだ。――報せを受けて日本から飛んできた。兄上に、この宮殿にいる者たちの先々のことを頼まれた」

「俺だけじゃなく……他の連中も？」

「ここは、やがて新たな皇太子の居城になる。ゆえに、みなには他に移ってもらわねばならぬ」

「新たな、皇太子……？」

「兄上は吉日を選んで王位を継承なされる。バハール首長国に新王が立たれるのだ」

「新王……？　じゃ、スルターン・アスラーンが……!?」

同時にそれは、スルターン・ナジャーの退位を示唆《しさ》している。それから、ハミドの兄を含めた近衛の兵の処遇はどうなっただろう、と会ったこともない人々のことが気にかかる。

「ネットで調べても何もわからない。王宮での事件はどうなった？」

「王宮では何も変事はおこっていない。父上は、ご病気を理由に退位された。これは長老会議《バルラマーン》の決議であり、すなわち国民の総意である。ゆえに、誰にも咎《とが》はない。心得ておかれよ」

「ああ、そうか……」

つまり、よけいな詮索は無用ということなのだ。

近衛の一師団が王宮を占拠した事実は、どこにもない。スルターン・ナジャーは自ら退位し、正式に皇太子に王座を譲った、という形をとるわけだ。

もう子供を盾に命を守ろうとするスルターンの時代は、終わったのだ。

やがて、月《カマル》の力も、伝承として語られるだけになっていくことだろう。

「――そうか、ついに獅子王が立つのか」

志摩は、感慨深げにつぶやく。

「俺は、あなたを無事に日本に帰すように、兄上から仰《おお》せつかってきた。すべてあなたの意向に添うように計らえ、と」

そして、とサイードはつけ加えた。

「あなたに、すまなかった……と」

「ふうん。謝ってたのか、あの傲慢アミールが……」

つまりは、ゲームオーバーということなのだろう。

スルターンとして即位する以上、もう遊んでいる暇はない——当然のことだが。

「じゃあ、俺は日本に帰れるんだな」

「もちろん。ただし、ここで見聞きしたことはご内密に……」

「わかってる。だんまりを決め込めばいいんだろう。——で、いつ帰れる？」

「支度ができれば、すぐにでも。ヘリで国内線の空港に向かい、そこから王家の専用ジェットで日本へ向かいます。その前に……これを」

志摩の目の前に、サイードが差し出してきたのは、小切手だった。

「受けとられよ。獅子王の御世《みよ》を、醜聞《しゅうぶん》で穢《けが》すわけにはいかない。どんな些細なスキャンダルも許されない。ご理解願いたい」

「ああ……慰謝料ってことかな」

「そう思ってくださってけっこう」

受けとった小切手を、矯《た》めつ眇《すが》めつ見てから、志摩は問う。

「——これ、金額が書いてないけど？」

「お好きな額をどうぞ」

「好きな額って……百億とか書いたらどうするの？」

「かまいません。ただし、国家予算に匹敵するほどになると、さすがに困りますので、億単位でお願いできればありがたい——円換算で」

冗談だろう、と志摩は息を呑む。

百億どころか、九千億までは許容範囲って、そんな莫大《ばくだい》な慰謝料があるだろうか。

「呆《あき》れたもんだ。俺にそんなにかけるなら、他の連中にくれてやれよ」

「むろん、相応の保証と仕事を用意します。だが、彼らはバハール首長国の者である以上、兄上を裏切ることはありません。けれど、あなたは……」

「俺は日本人だから、信用できないってか？」

ふん、と鼻先で笑って、志摩は小切手を引き裂いた。ビリビリと何度も破けば、紙片は細かい花弁となって、床に舞い散っていく。

「慰謝料なんかで償《つぐな》えると思ったら、大間違いだ」

「では、何が所望だと？」

望むものをくれるというなら、金ではなく才能をくれ、と思う。

そして、欲しかったものはすでにもらった。机の上に置かれた、ノートパソコンの中におさまっている。それは、この地上のどこにもない、見も知らぬ国の話だ。

この宮殿の主であった傲慢アミールが、その生きざまで志摩に教えてくれたものだ。はなはだ迷惑だったし、なんの遺恨《いこん》も抱いていないと言えば、うそになる。いまも志摩の心に残る傷跡は、決して金であがなえるものではない。

「殿下に……いや、陛下に伝えてくれ。謝罪の言葉だけでけっこう。スルターンへの就任祝いだ。まあ、地べたに頭を擦りつけて土下座のひとつもしてほしかったが、さすがに立場上、もうできないよな？」

「それは、不敬にすぎる」

「まあ、俺は寛大な男だから、許してやるよ。ただし、ここでの体験は小説のアイデアにさせてもらう。——あくまで創作だし、小説として発表しても、誰もこの国と関連づけはしないだろう。それ以前に、日本でバハール首長国の名は、ほとんど知られていないし」

言いつつ、データの入ったパソコンをバッグの中に詰め込むと、あとのものはどうでもいいと、志摩はサイードを促す。

「さあ、日本へ帰るぜ。もうこんなところはこりごりだ」

8

さすがの志摩も、バハール首長国でのジェットコースター的展開に疲労困憊して、しばし仕事を休んで、自分のマンションにこもったきり、ノートパソコンを開くこともせず、テレビも新聞も見ることなく、電話にも出ずに、ひたすら惰眠《だみん》を貪っていた。

五日ほども、そうやってだらだらすごして、ようやく復帰しようという気になった。

最初に向かったのは会社ではなく、八神響《やがみきょう》の仕事場がある『グランドオーシャンシップ東京』だった。

「ずいぶん久しぶりな気がするが、元気そうじゃないか」

志摩の突然の来訪にも、八神は驚きの表情ひとつも見せずに出迎えて、いつもどおりのガウン姿で、原稿の束をテーブルの上に放り出した。

「読ませてもらったよ、きみの新作」

志摩が、文字どおり身体を張って書き上げた、原稿である。誰よりも八神の意見が聞きたかったから、日本に帰ってすぐにデータだけは送っておいたのだ。

「わざわざプリントアウトして、読んでくださったんですか?」

「やはり原稿は紙で読まないと、おもしろさが伝わってこないのでね」

言いつつ、細長いシガーに火をつける八神の、見慣れた仕草や、聞き慣れた口調や、ふうわりと漂ってくる覚え知った香りが、志摩を現実に引き戻していく。

「それで、ご感想は？」

まるで、持ち込み原稿でも見てもらうアマチュアの気分で、志摩は問う。

編集と作家と、立場が完璧に逆転しているが、志摩にとっては売れる作品を書くことよりも、八神に認めてもらうのが最優先なのだから、しかたがない。

ふうっ、と紫煙《しえん》をひとつ吐き出して、八神は口角をわずかに上げた。

「化けたね、きみ」

瞬間、どくんと胸の奥で心臓が脈打った。

「おもしろかったよ、率直に。もともとトリックは私のものだが、そんなことは関係ない。私ともあろう者が、主人公になりきって、はらはらさせてもらった。——皮肉屋のきみの作品とは思えないほど、登場人物の全員が生き生きとしていて、乾いた砂漠の空気すら感じられた」

「……本当に……？」

「ああ。読者受けするかどうかはわからないが、私は久々におもしろい小説を読ませてもらった。言葉を惜しむ必要もないだろう。傑作だったよ」

「それは……お世辞とかじゃないですね？」

「私がきみ相手に、お世辞を言う必要があると思っているのか？」

いいえ、と志摩は首を横に振る。

(認めてくれた……。八神響が、俺の作品を……!)

全身から力が抜けていく。

物書きになりたいとの夢を持った少年時代からこっち、胸の中にくすぶっていた劣等感が、ようやく浄化されたような気がした。

才能ある作家への嫉妬も、凡庸《ぼんよう》な自分への鬱屈も、常識に縛られてあがき続けてきた年月のすべてが報われて、身体が楽になっていく。

「……ありがとう、ございます」

「率直な感想だ。兄に聞いた。バハール首長国では、ずいぶん大変なめにあったらしいね。だが、曲がりなりにも作家ならば、転んでもただでは起きない——そんな情熱が行間に漲《みなぎ》っている。形だけ美しく整えてはあるが退屈なだけだった前作とは、雲泥《うんでい》の差がある」

褒め殺しにされそうなほどの、言いっぷりに、耳を疑いたくなる。

「ようやく作家になったようだね。次も期待しているよ」

その上、期待までされているとなると、躍り上がって喜んでいいはずなのに、不思議と気持ちは穏やかだ。歓喜とはどこか違う、深く静かな感慨が身体に満ちていく。

「次は……たぶんないです」

勝手に口をついて出たのは、そんな言葉だった。

べつに大作家になりたかったわけではない。売れたかったわけでもない。ただ、本物の目を持った人間に、自分の価値を認めてほしかっただけなのだと、いまわかった。

「おや？　一作で涸《か》れたか？」

「出しきりました。俺はやはり編集のほうが向いてます。まあ、ぽちぽち何か書くかもしれませんが、これ以上のものは無理です」

この作品は、砂漠に囲まれた宮殿での異常な空気の中でこそ書けたものだと、志摩はわかっている。極限を超えて爆発した感情が、書かせたものなのだと。

だが、いったん日本に帰ってきてしまえば、確かに自分の身で味わったはずの、明日をも知れぬ緊迫感を思い返すことすら難しい。

都会の夜は、星さえ定かに見えぬほど明るく、騒がしい。

コンビニに足を運ぶだけで、出来合いの弁当や飲料水が簡単に手に入る。

物で溢れ返ったこの国で、どうして危険と紙一重の世界を思い出すことができるだろう。

すでにバハール首長国での出来事は、夢のように遠い記憶になっている。

砂丘を渡ってくる、乾燥した風の匂い。

命をはぐくむオアシスに、悠然と建つ天上の宮殿《ジャンナ・アル・カスル》。

後宮を彩る妾妃の舞い。戦いの歴史をその身に宿した一族。

その中心に常にいたのは、クフィーヤをなびかせた獅子の名を持つ、アミール。

あれほど鮮烈な出来事だったのに、いまはときおり浮かんでは、曖昧に揺らいでいるだけ。

だが、それでいい。

あれは、一瞬の夢だったのだ。

しょせん志摩は、平和ボケした日本人でしかなく。危機感皆無のこの国で、新人作家をいびりながら、のんべんだらりと生きていくのが似合っている。

「だいたい、もう一度、あんな体験をしろと言われても、ごめんだし」

本音を覗かせれば、八神が、なるほどとうなずく。

「それはもったいない。だが、そのうちまた何か書きたくなるかもしれない。作家は引退宣言でもしなければ、いつまでも続けられる仕事だし」

「そうですね。八神先生ならば、たとえ引退宣言をなさったとしても放っておきません。書き続けていただきます」

「おや？　よけいなことを言ったかな。こちらにお鉢が回ってきてしまった。——そろそろ仕事を整理して、のんびり恋人との時間を楽しもうと思っていたのだが」

「その恋人がやめさせてくれないでしょう。相葉《あいば》君は八神響のいちばんのファンなんですから」

「うーん、それが問題なんだよ」

「おねだり上手な恋人を持った苦労を、じっくり味わってください。ついでに、『東王《とうおう》出版』もお忘れなく。『ナイトシリーズ』はまだまだ続けますからね」

「まだまだ……って、いいかげん飽きないか？」

「ぜんぜん。目指すは百巻ですからね」

「それは、さすがにいやかも……」

八神を前にして、たわいもない世間話を、こんなに穏やかな気持ちですることができる日がこようとは、思ってもいなかった。

（もういい……。もうこれでじゅうぶんだ……）

自分の中に淀んでいた醜《みにく》い感情のあれこれが、いまはすっかり消えてしまっている。

もう再び、アスラーンに出会うこともないだろう。肌を灼くほどの官能に溺れることもない。

恋とも呼べない――でも、恋よりなお、熱く燃えた感情。

それでいい。あれは夢だったからこそ、美しく志摩の心に残ったのだ。

砂漠に浮かぶ蜃気楼《しんきろう》のように、ほんの一時、ゆらりと形をなしたものの、決して長続きはしない夢幻《むげん》だからこそ、その儚《はかな》さに心魅かれる。惜しい、と思い出に残るのだ。


八神の部屋を辞した志摩は、その足で『東王出版』へと向かった。一カ月ほどの長期休暇だったにもかかわらず、編集部の連中は心配しているふうもない。

土産にと、サイード殿下に用意してもらった品を配ってやると、ずいぶん高価なものだったようで、さすが売れっ子作家の担当だ、と笑いながらからかわれた。

（平和だな……）

つくづく思う。

この国は本当に呑気だと。自由と平和を謳歌《おうか》している国だと。

日本人はせかせかと働きすぎと言われた時代もあったが、『企業戦士』などという言葉も死語に近い。もういまの日本人には、戦う爪も牙《きば》もない。そのぬるさが、心地いい。

（俺は、この国でじゅうぶん。砂漠はもうこりごりだ……）

自分のデスクに腰を下ろし、ここが居場所だと再確認する。

心のどこかに、ぽっかりと小さな空隙があるような気もするが、それも過ぎていく日々の中で、いずれ消えていく程度のものだ。

志摩創生は、手のとどかない夢は追わない、現実的な男なのだから。

そう自分に言い聞かせて、一日一日を生きていけば、すべてがいずれ過去になる。

どれほど鮮やかな記憶も、いつかは色あせる――かならず消える。

消さなければならないものだ。獅子王の御世には、一点の穢れもあってはいけないのだ。

秘密は志摩の胸の中――砂漠に囲まれた天上の宮殿《ジャンナ・アル・カスル》での出来事は、誰の口からも漏れることはない、決して。

あの場こそ、完璧なシークレットフロアだったのだ。

(VIP専用か……、とんでもない歓迎だったが)

それでも、手のひらをぎゅっと握って、この秘密は墓場まで持っていくぞ、と心に誓う。

あの日々は、もはや志摩だけのものだ。

誰にも奪えない。地中深くに埋められた、宝箱のように。


「おい……、あれ、なんだ?」

いつもとは違う編集部のざわめきの中に、誰かの疑問の声があがる。

「仮装じゃないのか?」

「えー? なんでアラブの仮装? それにすっげー凝《こ》ってるぞ」

奇妙な会話が飛び交っても、遠い異国へと想いを馳《は》せている志摩の耳にはとどかない。

意識が覚醒《かくせい》したのは、ピィィーッと甲高い猛禽の鳴き声を拾ったからだ。

(え……なんだ、いまの? 空耳……)

のろり、と鳴き声のしたほうへと顔を向ける。

目に飛び込んできたのは、あまりに見慣れた隼の姿だった。両翼を水平に広げて、衝立《ついたて》や書架のあいだを抜けて、まっすぐにこちらに向かって飛んでくる。志摩の肩に止まると、久しぶりとでも言うかのように、すりすりと身体をすり寄せてくる。

だが、志摩には、隼に挨拶《あいさつ》を返す余裕などない。

視界に捉えたあまりに意外なものに、心をわしづかみにされて、目を閉じることもできない。

黒のスーツにサングラスといったマフィアまがいの姿の上に、頭に被ったクフィーヤで一気に緊張感を撒き散らすSP軍団に囲まれて、こちらに向かってくるのは、世界一の傍《はた》迷惑男。

アスラーン・イブン・ナジャー・アル＝カマル。

いや、バハール首長国の獅子王、スルターン・アスラーンと呼んだほうがいいだろう。

（お、おいぃーっ！　や、やめてくれっ！　こ、ここは日本だぞっ……！）

幻《まぼろし》とは思わなかった。非常識はアスラーンの得意技だ。郷《ごう》に入《い》っても郷には従わぬ超身勝手男なら、これくらいはやってのける。

全体に金の刺繍が施された濃紺の上着《ビシュト》に、白いクフィーヤをなびかせて、白いトーブのウエストを結んだ腰紐には、実用だろうジャンビーヤまで挟んでいる。

（それ、銃刀法違反だから……って、いや、こいつの場合、治外法権が適応されるのか？）

あまりに驚きすぎて、アスラーン本人の出現よりも、短刀所持という些末なことのほうに気が回ってしまうのは、現実逃避というやつだ。

だが、どれほど目にすまいと思っても、ずんずんずんずんとアスラーンは近づいてくる。

ジョーズかダースベーダー登場のバックミュージックでも聞こえそうな迫力に、周囲の編集たちがじりじりと後退っていく。

常に雑然と人が行き交う編集部とは思えぬほど、すっぱりと左右に開けた道をアスラーンは迷いもなく進んできて、志摩の前で止まる。

「来たぞ、志摩」

どくん、と心臓が大きく身震いした。

肌が粟立ったのは、すばらしく魅惑的な低音の響きのせいだ。

相も変わらず唯我独尊《ゆいがどくそん》丸出しで、傲然と笑んだ男の偉容《いよう》から、目が離せない。

(おい……、何をときめいてんだよ、俺……?)

惚けている場合ではない。

なぜアスラーン自らお出ましになったのか、問題はそれだ。

皇太子のときでさえ、勝手に国を出る自由のなかった男が、どうして即位したばかりの多忙な時期に、日本へ来ることができたのか。

もっとも、国賓《こくひん》としてならありえるが。産油国の君主となれば、日本政府も下にも置かないあつかいをするだろう。だが、ここは迎賓館《げいひんかん》でも、皇居でもない。

いくら業界最大手と威張《いば》ってみても、たかだか出版社のミステリー書籍部門である。獅子王自らのこのこと足を運ぶ場所ではない。

だが、そこは有言実行、短絡思考のアスラーンのことだ。スルターンになったればこそ、手綱《たづな》が外されてしまった暴れ馬状態なのかもしれない。

(いや、檻《おり》から放たれた暴れ獅子か……)

どちらにしろ、羽目を外した野生の雄が向かうさきは、ひとつ。つがいの相手のもと。

砂漠での渇きを思い出したかのように、ごくりと志摩は息を呑んだ。

「……スルターン・アスラーン……」

「かしこまった呼び方はしなくていい。名前でもいいし、陛下でもいい。気楽に呼ぶがいい」

「あの……ここは俺の仕事場で……。というより、お忙しい御身《おんみ》なのですから、わざわざ足を運んでくださらなくても……」

「そんな他人行儀な口を利かなくてもよいのだ。天上の宮殿《ジャンナ・アル・カスル》ですごしたときのように、タメ口でいい。そのほうがおまえらしい。もちろん、私は多忙だ。日本流に言えば超忙しい。公務のあいまにようやく時間を捻《ひね》り出したのだ。さあ、行くぞ」

「行くぞ、って……どこへ？」

「セキュリティの関係上、私の滞在場所は秘密だ。シークレットフロアと言っておこう」

「はあ……。あの、でも、まだ仕事が……」

「他の者にやらせろ。私の歓迎がおまえの仕事だ。だいたい、我らが力尽くで入り込んできたと思っているのか？　上からの許可を得ている」

「上って……社長とかじゃないだろうな？」

「まさか。もっともっと上だ」

「……ああ……」

志摩はがっくり失望に肩を落とす。

社長より上というと、やはり政府関係だろうか。

ありえる。ガソリンの値段が高騰《こうとう》している昨今、産油国の要求には逆らえまい。

「さて、では、行こう。知っていると思うが、私はさほど気が長いほうではない。このところ忙しすぎて、かなり苛々《いらいら》が溜まっているし、返事を間違えるな」

金色の瞳は情欲に光り輝いている。

我慢などする気は、さらさらなさそうだ。

それに、周囲のざわめきも気になる。いまでもじゅうぶん異様な事態なのに、ぶち切れたアスラーンに荷物のように担がれて退場なんてのは、絶対に避けなければ。

「……ちょ、ちょっとした成り行きで、旅行中に知りあったんだ」

誰が聞いても、無理がある言い訳を口にしながら、志摩は椅子から立ち上がる。

「日本に来たときには、遊びにきてくれって言ったんだけど、あまりいきなりで……」

ははは、と笑った顔が引きつっているのが、自分でもわかる。

「突然ですまなかった。きみに会って以来、すっかり親日家になってしまったのだ」

一方、話を合わせるというより、事実を言っているだけのアスラーンの手は、ご機嫌に志摩の肩に回ってくる。

利口な隼は、その場を主に明け渡し、ひょんと志摩の頭に乗った。

ピチュピチュとさえずる隼を頭に乗せ、アラブの衣装に着飾った男に抱かれて、連れ去られていく図は、さぞや奇妙なものだろう。

その場にいた誰もが、ふと思い浮かべた。

市場へ売られてしまう、可哀想なドナドナの仔牛の歌を。

9

（いきなり襲ってきたり、しないよな……）

志摩の危惧《きぐ》をよそに、ホテルに向かうリムジンの中でも、アスラーンはキスのひとつも仕掛けてこなかった。

皇太子時代とは、明らかに違う大人の態度だ。来日の理由も公務なのだろう。そのあいまを縫ってわざわざ会いにきたのは、志摩にしたことへの謝罪なのか、口止めなのか。

どちらにしろ、隣に座るアスラーンの横顔は穏やかだ。

編集部に乗り込んでくるのにも、ちゃんと許可をとったというのだから、やはり以前のアスラーンとは違うのだ。

考えてみれば、国を背負った以上、他国の人間に無理強いすることなどできないだろう。

ホッとする一方で、腰掛けたふたりのあいだにある、体温が伝わらない距離を、少しだけ寂しく感じる。そう、少しだけだ。きっと一年も経てば、薄れてしまうだろう。

こんな焦れるような気持ちも。身のうちにわだかまる欲望も。

平凡で怠惰な日常の中にとけ込んで、薄れていくだけのもの。それまでは、鮮烈すぎる記憶の断片が浮かんでは、じりじりと肌を灼くこともあるだろう。

こうしているいまも、鼓動はひどく逸っている。

空調は利いているのに、握り込んだ手の中がじりっと汗ばんでくる。

(……大丈夫……、大丈夫だ！　我慢できないほどじゃない……)

隣にいる男が、もうすっかりスルターンの貫禄《かんろく》をまとっているのに、いつまでも自分ばかりが過去を引きずっているなんて、そんな惨《みじ》めったらしいことはごめんだ。

(冗談じゃない。さきに忘れるのは、俺のほうだっ！)

何があろうと平然とした顔をしている——それが志摩に残されたプライドだった。


連れていかれたさきは、この春オープンしたばかりの『ホテル・スタインズ・ジャパン』という外資系ホテルだった。コンセプトは『グランドオーシャンシップ東京』と同じようで、志摩が通されたのはシークレットフロアにある一室だった。

これまたすばらしく豪華な内装ではあるが、アラブ風の中にもどこか和の情緒が漂っていて、気持ちが穏やかになるような空間だ。

「へえー、ここがあんたの隠れ家か。大使館のある『グランドオーシャンシップ東京』のシークレットフロアより、こっちのほうが好みかも……」

あえて、隣に立つアスラーンには目もくれず、部屋に気をとられているふりをする。

「志摩……」

唐突に名を呼ばれ、振り返ろうとする前に腕をとられて、引き寄せられる。気がつくと、逞しい胸に押さえ込まれて、吐息ひとつも逃さないという勢いで唇を奪われていた。

(ま、また、これかよっ……!?)

どうしてこの男には、ムードとかロマンとかがないのだろう。

——ようやく会えたね、愛しい人。

——なかなか来られなかったが、拗《す》ねないでくれ。

——政務のあいまも、おまえのことが頭から離れなかった。

機嫌をとるつもりなら、なんだって言えるのに、王族として育ったアスラーンには、おもねるという感覚自体がない。

いつもこうして、自分のしたいようにする。欲しいものは、好き勝手に奪うのだ。

(けど、欲しくないものには、洟《はな》も引っかけない……)

口腔内で蠢く双方の舌が、相手をねじ伏せようと競いあう。

志摩が口蓋《こうがい》をねぶれば、その隙をついて、喉のあたりをくすぐられる。

じわりと滲んできた唾液とともに強く吸えば、お仕置きとばかりに舌先を甘噛みされる。相変わらず、食らいあうような口づけは、執拗で容赦がない。

容易には離れようとしない唇から響く水音が、ひどく淫らになっていっても、少しも終わる気配がない。

（二度とないかもしれない……こんな機会は……）

これが最後かと思えば、とうていやめる気になれない。ずっと、もっと、味わっていたい。

心も身体もぐずぐずにとけて、ひとつに混じりあってしまったかのような陶酔感に、いまはただ溺れていたい。

でも、アスラーンのほうは、それだけで満足する男ではない。

キスの終わりを待たずに横抱きにされて、そのまま寝室へと運ばれていく。

豪奢な天蓋《てんがい》つきのベッドをろくに鑑賞する暇もないが、これからはじまる熱い行為をじゅうぶん受けとめられることだけは、確認できた。ふたりぶんの体重を受けとめても、スプリングの軋む音すらしない。

唇を合わせたり離したりするあいだにも、アスラーンは上着《ビシュト》を脱ぎ捨て、トーブの前を力尽くで引き裂いていく。

日焼けした胸板の逞しさを目にして、どくりと志摩の心臓が弾む。

鼓動は一気に速まっていく。全身の汗腺から、どっと汗が吹き出していく。

こうなればもう、最後までいかなければ、ふたりとも止まらない。それくらいは志摩も学んだから、無駄な抵抗はやめて、ベッドの中を転げ回りながら互いに服を脱がしあう。

身体を半回転させ、アスラーンの身体に跨《また》るような体勢でボトムを脱ぐと、さっそくとばかりに剝《む》き出しになった尻に、大きな手が伸びてきて、楽しげに揉み立てはじめる。

同時に、ずくずくと昂ぶっていく男の脈動を、大きく開いた股ぐらに直に受けとめて、息苦しいほどの目眩《めまい》に襲われる。

「いつも……お元気そうで……」

口をついて出たのは、ずいぶんとマヌケな挨拶だ。

「むろん、元気いっぱいだぞ。嬉しかろう。本来、即位の儀式は一カ月は続くのだが、諸外国への挨拶と称して抜け出してきてやった。おまえのために」

「予定どおり一カ月やればよかったのに、俺のことなんか忘れて……」

「まあ、そう照れるな。欲しかったくせに。もう股間が張りきっているぞ」

楽しそうに腰を揺らされて、志摩はたまらぬ掻痒《そうよう》感に、身を捩《よじ》る。

「そ、それは、そっちもだろう……。俺の倍は興奮してるぞ……」

「いいや、違う。もともとおまえの倍ほどの大きさなのだ。おまえの大好きな太さだろう」

お決まりの揶揄《やゆ》に、志摩はぐっと息を吞む。

何より、それを否定しきれないのが、悔しくてならない。

アスラーンにからかわれなくても、自分の性器が反応しているのはわかっている。気持ちは抑えられても、身体は欲望に忠実に高まっていく。

久しぶりの官能的なキスや、アスラーンの身体に染み込んだ香料の匂いや、こうしているいまも志摩の肌をまさぐる手のひらの、鬱陶しいほどの熱で。

(なんで、こんな男が欲しいんだ、俺は……?)

すでに心のどこかで認めていることに、まだあらがって、間近にある瞳を覗き込むことにさえ躊躇《ちゅうちょ》している。

だが、志摩を見上げるアスラーンの瞳に、揺らぎはない。

どんなときにも、まっすぐに相手を見つめてくる眼差《まなざ》しは、痛いばかりだ。

いつもは見下ろされてばかりいるから、自分が見下ろしているのが不思議な感じがする。

「今度会ったとき、何をしてくれると言ったか、覚えているか?」

志摩の前髪を撫で梳《す》きながら、琥珀色の瞳の男が問う。

「いや……。あんたと約束なんか、なんにもしてない」

「口づけ以外のことで慰めてくれる、と言ったはず」

そのことを思い出すまで、しばしかかった。

だが、いったん思い出してしまえば、冗談じゃない、と頭が沸騰するだけだ。

(こ、こいつ……、調子に乗ってっ……!)

今度は口淫をしてくれと、そんなことを最後に抱きあったときに言っていた。

「唇は、口づけ以外のことにも使えるし、それに、唾液は潤滑剤の代わりにもなる」

「潤滑剤くらいあるだろう。ＶＩＰ専用フロアなんだから」

「どこかにあるだろうが、探すのが面倒だ。代わりになりそうなアルコール類なら、バーカウンターにいくらでもあるが、戒律《かいりつ》で飲酒は禁止されているし」

「なんで、禁止されてる酒を置いておくんだ。――っていうか、それ以前に、ボディソープとか色々あるだろう」

「この状態で、バスルームまで行けというのか？」

志摩を追い詰めるための、超くだらない言い訳を並べる男の股間は、確かに動きづらそうな状態になっている。

「だから……、おまえが慰めてくれ」

さっきから延々と髪を弄っていた指先に、力がこもる。

否応なしに押さえ込まれた頭が、ゆっくりとアスラーンの股間に近づいていく。

逞しい腹筋が目に入ったとたん、同性として嫉妬を覚えるのは、もうしょうがない。

髪と同じく黒々とした下生えの中で、すでに欲望を漲らせて勃ち上がっている性器については、もう自分の股間にあるものとは、別物と思うことにする。

できれば、一生こんな経験はしたくはなかったが、ここまできて逃げるのも腰抜けすぎる。

（なんかなぁ……、絶対にありえないと思ってたんだけど……）

志摩の気持ちはどうあれ、アスラーンはどっぷり溺れきっている。

愛されているという実感は、ありあまりすぎるほどある。本当にうんざりするほどに。わざわざ日本まで足を運んで、こんな行為を強いるほどに自分を求めているのかと思うと、少しくらいのサービスは、してやってもいいような気がしてくる。

その上、アスラーンの肌に塗り込まれた香が彼の体臭と混じりあって、扇情的《せんじょうてき》な香りとなって志摩の鼻孔を刺激するから、始末に悪い。

全身から力が抜けて、知らぬ間に顔が落ちていく。

（ああ……。くらくら、する……）

体力差がありすぎて、この状況から逃れる手段は、思いつかない。

嚙みついてやることもできるが、あとが怖すぎて、試す気になれない。

欲求に素直すぎる男の性器は、志摩の鼻先で、あっという間に硬度と質量とを増していく。

グロテスクでしかないそれが、なぜかアスラーンの逞しさの証に思えてきて、不思議な高揚感《こうよう》が胸を弾ませる。

ようは、色々と腹立たしいし、理不尽だと感じてもいるが、それでも簡単に拒みきれない感情が志摩の中に芽生えてしまった、ということなのだろう。

しょうがない、と覚悟を決めて、待ち受けている熱塊の先端に唇を寄せる。ちろりと軽く舌先を這わせただけで、それはどくんと大きく脈打って、さらに堅く幹をしならせていく。

（ほら、すぐにデカくなるんだから……）

どうやっても咥えきれるものではないが、無駄に意地っ張りの志摩は、やるからには最高を目指すぞ、と舌を這わせていく。

逞しい茎に手を添えて、指の腹でしごきながら、口腔に含む。

「……ふ、うんっ……」

男の股間に顔を埋めて、性器に奉仕する。まるで風俗嬢のような行為に、かつてない恥辱を覚えながら、口腔内でどくどくと昂ぶっていくさまを感じとれば、奇妙な渇望《かつぼう》さえ感じる。

「……くっ……」

押し殺したようなアスラーンの呻きが聞こえて、してやったりと溜飲が下がる。

いつの間にか嫌悪感は失せて、もっと感じさせたいと夢中になっている。

喉奥まで呑み込んで、頬の筋肉を窄めたり緩めたりして吸い上げると、後頭部を押さえていた手のひらに力がこもり、より強く押さえ込まれる。

(だから、無茶するなって……!)

とうてい咥えきれない質量を強引に捻じ込まれて、ぐうっと喉が奇妙な音を立てる。

息苦しさに、生理的な涙が浮かんでくる。肺がぜいぜいと軋んで、酸素を欲している。

だが、ここで引いたら負けだ、とムキになって精一杯の愛撫を続けるうちに、微かな疑問が湧き上がってくる。

(——なぜ、こんなことをしているんだ、俺は……?)

それは、本当に意地なのだろうか。

もっと別の感情があるのではないか。

たぶんそれは、恋に果てしなく近くて、理性からはとてつもなく遠いもの。

（ふざけんなよ。同性との恋愛なんて……！）

だが、否定すれば否定するほど、そうだと認めているようなものだ。

わかっていた……。

あの日、バハール首長国をあとにしたときから、心の中にぽっかりと空いた虚無《きょむ》を埋めることは、誰にもできはしないだろうと。

そう……認めたくないが、これは恋なのだ。

ちりちりと胸を灼くような感覚も、やがて時間が押し流してくれるだろうが、虚《むな》しさは残る。

いつまでも志摩の心の奥底に、くすぶり続けることだろう。

それでもいい。いま、この瞬間を覚えておこうと、志摩は慣れない行為を続ける。

太い幹を指でしごきながら、もう一方の手でふたつの袋も弄ってやれば、それが刺激になったのか、アスラーンの息が荒くなる。そのまま手のひらで下からすくい上げるようにして、揉み立てながら、舌先で感じやすいくびれのあたりをたっぷりと嘗め回す。

そうやって口と指を存分に使って奉仕していると、逞しいその猛りが自分を貫くときのことが思い浮かんでしまって、双丘が物欲しげに揺れてくる。

「ふ……。もう欲しくなったのか？　尻が揺れているぞ」

いつの間にか上体を起こしていたアスラーンが、あられもない仕草を目にして、くっと笑む。

口淫の心地よさを味わいながらも、うずくまった志摩の双丘へと手を伸ばし、長い指先でやわやわとそこを掻き回しはじめる。

「……ッ……」

思わず息を漏らすのは、今度は志摩のほうだ。

気まぐれに掻き回されたり、抜き差しされただけで、身体はすぐにも覚え知った愉悦を思い出して、疼きはじめる。

アスラーンの巨根に慣らされたその場所が、指の一本や二本で満足するはずもない。入り口付近の襞を丹念に擦られるだけで、指ではとうてい届かない深奥までが、淫らにうねりはじめる。

「中はちゃんと私を覚えているようだ。もうひくひくしてきたぞ。それに、どんどん熱くなってくる。──やはり、そもそも感じやすい体質なのだな」

くちゅくちゅ、と響く粘着質な音は、否応なしに志摩の欲望を煽っていく。なんとか口淫に集中しようとしても、背後から湧き上がってくる官能が邪魔をして、すっかり舌遣いがお留守になってしまっていた。

それでなくても無理な質量を咥えていたこともあって、志摩は思わず顔を上げて、はぁーっと大きく胸を喘がせる。

「さて、おしゃぶりはもう仕舞《しまい》か？　せめて一度くらい、その口で吐精させてもらいたかったのだが、無理は言うまい。初めてにしては頑張ったほうだが、やはり拙《つたな》いな。――それこそ他の男を知らぬ証だが、いささか焦れたぞ」

悠然と言う男に、腕をつかまれて、引き起こされる。

一瞬、ふわりと身体が浮いたような気がしたと思うと、次の瞬間には、アスラーンの腰を跨ぐ体勢で、向かいあっていた。

剝き出しの尻に――ほんの一瞬前までは、指でほぐされていた窄まりに、いまは猛った熱塊の切っ先が当たっている。

「さあ、欲しいだけ食らうがいい。今日の私はおまえのものだ」

すっかり欲情に満ちた瞳が、間近から覗き込んできて、志摩の鼓動を妖しく乱していく。

さきの行為を促す言葉は、決して命令ではないぶんだけ、始末に悪い。

欲しいなら自ら後孔を開いて、呑み込めと言うのだ。

（あ、あの超ド級の代物《しろもの》を、自分で挿れろだって……？）

いつも犯《や》られるばかりだったから、考えたこともなかった。アスラーンのことだから、どうせ好き勝手にするものだと思っていたが、今日ばかりは違うようだ。

「ここは日本だ。いくらなんでも、私が勝手気ままに振る舞うわけにもいくまい。日本人のやり方に従おうぞ」

うそだ！　と志摩は叫びたかった。

無理やり編集部から連れ出して、この部屋に連れ込んでからも、口づけから口淫に至る経緯は、お得意の強引技だったはず。

なのに、挿入の段になって、いきなりしおらしくなるのは、あまりに狡《ずる》い。

狡い、と憎らしく思うほどに、内部は前戯ともいえない手淫だけで熟れたようで、汗で潤んだ粘膜をひくつかせている。

アスラーンは、にやにやといかにも楽しげに、志摩の困り顔を見ているだけだ。

志摩のほうから積極的に欲しがったのは、最後に浴場で抱かれたときくらいだろうか。あのときでさえ、脚を開いて迎え入れはしたが、挿入自体はアスラーン任せだった。

「どうした？　おまえは私を欲しくはないのか？」

欲しがるどころか、思わせぶりなセリフすら、聞かせてやったことはない。

「さて、おまえが欲しくないというなら、これをどうするか？」

アスラーンとしては自分ばかりが欲しがっているのが、なんとなくおもしろくないのだろう。今日ばかりは、志摩のほうに欲しがらせようとしているらしく、とんでもないことを言い出したのだ。

「スルターンともなれば、自らしごくわけにもいかぬ。誰ぞに処理させるしかないか」

「誰ぞ、って……誰だよ？　秘書とかの女に？」

「いいや。さすがに立場が立場ゆえ、むやみやたらと女に手を出すわけにはいかぬわ。うっかり孕《はら》ませでもしたら、また結婚という騒ぎになろう。――まあ、ここは、侍従の誰かにやらせるか。そういえばハミドなど、近衛の兄の罪を、恩赦という形でないことにしてやったせいか、最近、私を見る視線が以前より熱い。いっそ……」

「ダメだっ！」

考える前に、口が勝手に叫んでいた。

「ハミドはダメだ！　絶対に！」

アスラーンの黒髪をつかんで引き寄せるなり、高貴なご尊顔に向かって、怒鳴りまくる。

「そりゃあハミドはあんた命の男だけど、あくまでそれは主に対する敬愛なんだから。そんなことを無理強いするのは――いや、本人、無理とも思わずにやるかもしれないけど、そんなシモの処理なんかに使われるほうの気持ちも、少しは考えてやれ！」

「ふふ……。可愛いことを。焼きもちか？」

「違うっ！　これは普通に、人としての思いやりだっ！」

よくも言う、と志摩は興奮に顔を火照らせる。

思いやり、などという上等な心根が、自分のどこにあるというのか。

実際、ハミドがアスラーンに寄せる信頼は主従のそれであって、どうあっても恋愛に形を変えるものではないはず。だからこそ、越えてはいけない一線があると思うのだが、以前の志摩なら、知ったことかと空とぼけたはず。

「だいたい、あんたとSPじゃ、絵的に許せないぞ、俺は」

「ただの処理に、絵的にも何もないではないか」

「処理って言うんじゃない！　男同士のセックスなんて、それこそ愛がなきゃ、無様《ぶざま》なだけのもんじゃないか！」

「そうか……愛があればいいのか？」

「……あっ……!?」

しまった！　と志摩は、ぽっかりと口を開けたまま、硬直した。

それは紛れもなく本音だったがゆえに、意識もせずについつい出てしまったのだと、いまさらながら気がついて、盛大に顔を赤らめる。

「ならば、おまえ以外の者には許すことはできぬな。私が愛しているのは、おまえだけだ」

「…………」

「知らなかった、とか言うではないぞ」

「……知ってるよ……」

はーっ、と志摩は大きなため息をこぼす。

本当に、いつまでもぐだぐだと逃げているのも、みっともない。

（大人げないな、俺も……。てか、逆だ。大人だから逃げるのか……）

そして、志摩と違って、三十五にもなってどこか少年っぽさを残しているアスラーンが、惚れた相手ならさらってでも手に入れたいと思うほどに、一途《いちず》で、情熱的で、夢見がちな男だなんてことは、もういやと言うほど知っている。

この男に惚れられた相手は、きっと幸せになれるはず。

「わかったよ、これは俺のもんだから……。少なくとも、今夜だけは俺がもらう」

覚悟を決めて言いきったとたん、アスラーンが嬉しそうに目を細める。

（まったく、せっかくの偉丈夫が。顔、緩みきってるぞ……）

心で思う志摩だったが、それ以上に、自分の顔が緩みきっていることには気づいていない。

ともあれ、このままではどちらもつらいだけだと、意を決して自らの手を背後に回し、熱塊が当たっている周囲の柔襞を押し開くようにして、腰を沈めはじめた。

だが、すぐに、容易なことではないと気がついた。

（い、痛いっ……すさまじく痛い……!?）

なぜだ？　と不思議になるほど違和感がひどい。

もしや膝立ちをしているせいで、後孔に余分な力が入っているのだろうか。

「どうした？　もじもじされていると、くすぐったいだけなのだが」

見物の体勢に入った男が、茶々を入れるように亀頭部を揺らすから、志摩の動揺は大きくなるばかりだ。挿入くらい余裕でやってのけて、見事な腰遣いで翻弄《ほんろう》してやろうと思っていたのに、いままでどれほどアスラーンに頼りきっていたか、如実にわかってしまう。

「その体勢は、意外と動きづらいものだぞ。いっそ、あれだ……相撲とりが両脚を開いて構えるように、足の裏で踏ん張るほうがよくはないか」

「なるほど、ヤンキー座りか——って、あんたも妙なこと知ってるな」

言われるままに、膝を上げて足裏をベッドについてみる。少々みっともないが、確かにこのほうが可動範囲が広くなる。

片腕をアスラーンの首に絡めて、身体を支えながらそろそろと腰を下ろして、猛った切っ先を呑み込んでいく。異物感はやはりひどい。ずくずくと強靭《きょうじん》な脈動を響かせて、すさまじい圧迫感が肉の隘路を広げながら、迫り上がってくる。

「く、そっ……！　無駄に、デカイんだって……！」

「ふ……。そのほうが好きであろうに。まだ半分も残っているぞ。——おまえひとりにやらせるのも気が引ける。どれ、少し手伝ってやるか」

言うなりアスラーンは、両手を志摩の左右の膝裏に当てて、そのまま軽々と持ち上げた。

「えっ……!?　ぐっ、ううぅっ……！」

支えを失った身体は、咥えた剛直に突き刺さっていくように、自らの重みで一気に沈み込んでいく。唾液程度の潤いではとうてい潤滑剤の代わりにもならず、ぬめりのない秘肉を割られていく感覚に、志摩は全身を痙攣させ、情けない悲鳴をあげる。

「ひ、やめっ……！　いっ……！　くっ、ぅぅぅ……！」

狭い内部をいっぱいに満たす質量は生なかのものではなく、苦痛とも喜悦とも知れぬ衝撃に、眦《まなじり》に涙が浮かぶ。それが悔しい。

結局は、いいように転がされてしまう自分が惨めで、せめて一矢報《いっし》いようと、痛みを承知で内壁をぎゅっと絞り上げる。

「……ッ……、このお転婆《てんば》が……！」

明らかに女あつかいの揶揄も腹立たしい。アスラーンの悪い癖とはわかっているが、それはあまりに失礼だろう、と志摩の意地に火をつける。

抱え上げられてしまった両脚はもう、志摩の自由にはならないから、せめて咥え込んだものを、腰を振るったり、粘膜をうねらせたりして、擦り立てる。

そうしているあいだにも、躾《しつ》けられた内部は、異物感の中から快感だけを拾い上げていく。いったん感じてしまえば、甘怠い疼きはいっせいに全身に広がって、もっと欲しいと肌を火照らせていく。当然、身のうちはさらに熱く燃え上がり、呑み込んだものを貪欲な締めつけで味わいはじめるのだ。

「ふふ、生意気な……。これがそれほど好きか？」

巨大な一物はいったんおさめてしまえば、隅々までをもいっぺんに刺激するから、くいくいと掻き回されるだけで、目も眩むような官能の波頭が湧き上がってくる。

「……は……、ああっ？　く、来る、何か……」

それが気持ちよすぎて、粘膜の勝手な蠕動が止まらなくなる。

「……あっ……はあっ……！　中、いっぱい……んんっ！」

掠れた喘ぎ声をあげながら、必死に目の前の男にとりすがり、あさましく腰をくねらせる。

「ふ、可愛いものだ。だが、本当に私だけか？　たとえばグロテスクな張形だろうと、奥をいっぱいに掻き回してくれれば、満足なのではないか？」

「ふ、ふざけんなっ……！　俺はケツで感じたくなんかないーーッーーひいぃ……！」

ずくん、と最深部にそれまで以上に鋭い突きを送られて、身のうちを灼く熱と圧力のすさまじさに、志摩は背を大きく弓なりに反らして耐える。

「バカ野郎っ……！　突くしか能がないのかよ？」

思わず怒鳴ったとたん、腰を支えていた力強い手が、しがみついている志摩の身体を軽々と抱き上げたのだ。はまったものが、ずるっ、と一気に抜けていく。

なんとか鎌首だけを残しているが、両脚を抱え上げられている体勢で、ギリギリまで引き抜かれた状態を保つのは、とうてい無理だ。すぐにも自らの体重で、ぱんと音が響くほどに勢いよく落ち込んで、志摩は突発的な悲鳴をあげる。

「う、ぐぅぅっ……！」

憎まれ口へのお仕置きとばかりに、何度かそれを繰り返されて、痛みよりも衝撃で内部がきゅっと締まり、埋め込んだものをより強く絞り上げるのだ。

「……くあぁっ……、そ、そんな奥っ……！　う、あぁぁ――……！」

ずんずん、と容赦のない律動を送られて、太い首に抱きついた腕も、抱え上げられた両脚も、仰け反る喉も、どこもかしこもびくびくと快感の痙攣に身悶えている。

「くっ……」

傲然と志摩を振り回していた男が、太い眉を寄せて、小さく呻く。

志摩自身も、びっちりと剛直に絡んでいる粘膜の貪欲さのせいで、全身汗まみれで、肺が軋むほどにひっきりなしの吐息を漏らしている。だが、それはアスラーンも同様のようで、激しさを増すばかりの抽送のあいまに、悔しげな舌打ちが聞こえる。

してやったり、と志摩は歓喜に胸を喘がせる。

（俺が、感じさせてやっているんだ……！）

そのことに、心地よい酩酊《めいてい》感すら覚える。

志摩もやはり男だから。たとえ抱かれる側に貶《おとし》められても、そんな自分の身体に相手が夢中になっていると思えば、優越感を覚えるなと言うほうが無理だ。

砂漠の世界を支配するスルターンが、志摩の尻の締めつけを味わうことに夢中になっている。

たとえ、犯されていようと、いま、抱かせてやっているのは志摩なのだ。

（せめて、さきにイケ……、この野郎っ……！）

そこは賢い志摩だから、散々味わわされたぶんだけ、アスラーンの微妙な反応を覚え込んでいた。こんなとき、相手を煽るのに何が必要か、ちゃんとわかっている。

「あっ、ああ……アスラーン……！　俺の、獅子王……」

呼んだとたん、どくんと深奥で自分でない脈動が弾けた。

「な、中が、熱い……！　欲しい……、スルターンの証を……」

誘うようなささやきで、アスラーンの優越感をくすぐるのだ。高処に座したいまだからこそ、胸に響くだろう呼び名を繰り返す。

「……そうか。即位してからは、これが初めてだったな」

「んっ、そう……、俺の王、俺のスルターン……」

耳朶《じだ》を甘く食みながらささやくだけで、基本は単細胞なアスラーンは、すっかりその気になったようだ。

「では、味わうがいい。これが獅子王の種ぞ……！」

歓喜の声を輝かせながら、志摩を上下に振り回し、アスラーンは絶頂の階《きざはし》を上っていく。

灼けるような剛直は、とろけた粘膜を巻きとって、伸ばしたり縮めたりと、苛烈なまでの刺激で志摩を内側からだめにする。

「う、ふうっ……！　す、すごい……いいっ！　は、弾けそうだっ……！　もうっ……」

「弾けるがいい。私も我慢がきかぬ……。ああ、この尻めが、こんなに締めつけおって」

志摩の乳首を弄って遊んでいる余裕もないのか、抱きかかえた腰をしかと押さえ込んで、ひたすら上下に揺さぶり続ける。

ぐんぐん、と抜き差しは速まるばかり。

豪奢な部屋に、切れ切れの喘ぎと、粘着質な音ばかりが散っていく。

抱き締める腕の中で、体温は上昇し、肌は汗にまみれ、律動のたびに滴になって散っていく。

「は、あぁぁ……!? よ、よせっ……強いっ……。く、うぅ……!」

相手を追い上げるための策戦は、同じほどの勢いで、志摩自身に跳ね返ってきた。

(いい気になって、やりすぎたか……)

だが、アスラーンが自分の言葉に感じていると思うだけで、志摩の胸もまた逸る。

唐突に訪れた放出感は、しばらく間を置いたせいか常になくすさまじく——もう耐えることもできず、ぱくぱくと半開きの口を引きつらせた。

「や、はぁっ……、だ、だめ……イクっ……!」

「ああ……私もだ、いっしょに……!」

アスラーンが恍惚と呻き、そしてふたりほとんど同時に駆け上っていく。

熱砂に灼かれた遠い地を思い出すように、ぐっしょりと汗にまみれて、放埒の瞬間を求めて、ひたすら高処へと向かって。

「あっ、ああ……っ……!」

長く尾を引く嬌声をあげながら、志摩は果てしない絶頂に身を震わせる。

この夜、体液のすべてが涸れ果てるまで貪りあう——それこそが、ふたりにはふさわしい。

愛とか、恋とか、そんなたやすい言葉ではなく、身体で示しあう。

国が違おうと、風習が違おうと、言語が違おうと、そんなことはかまわない。

互いの感情を伝えあうのに、これ以上の方法は他にない。

熱く燃える身体こそが、もっともわかりやすい言葉なのだから。

エピローグ

心地いい気怠さに包まれて、志摩は瞼を開ける。

カーテンの隙間から差し込む光を受けて、惰眠を貪るアスラーンの顔がある。

(獅子王となっても、やっぱり寝顔は仔猫だな)

と、微笑ましく思う。

(やっぱ、寝てるときのほうが可愛いよな、こいつ……)

ちょん、と指先で頬を突っついてやっても、目を覚ます気配がない。それも当然だ。即位直後のこんな時期に来日するためには、そうとう無理なスケジュールをこなしてきたはず。それでなくても、スルターン・ナジャーの退位までの一連の出来事は、アスラーンの負担になっていたはずで……。

(いや、違うな。もっと前からだ……。皇太子になってから、ずっとだ……)

少なくとも、ネシャートとの離婚には、そうとう参っていたように見えた。

だが、アスラーンは弱音など吐きもしなかった。むしろ、自分が浮気をしていたのだと、ネシャートに有利な離婚をした。ネシャートを慈《いつく》しみ、三人の娘を愛し、それ以上に、皇太子としてふさわしい男であろうとしていた。

そのぶんの欲求不満をぶつけられる形になった志摩は、散々なめにあったが、それでも金額の書かれていない小切手なんて、普通なら喜んで示談にしていいだけのものを差し出してきた。

金ですべてがすむわけではないが、アスラーンはそういう国に生まれ育ったのだ。

その上、ここまで追いかけてきてくれたのだから、もうじゅうぶん償ってくれた。それでなくても、志摩自身も楽しんでいたのだ。

八神響が手放しで賞賛するほどの作品を書けたのも、ある意味、アスラーンのおかげなのだ。転んでもただで起きないのが作家なら、志摩は、二度とない経験をさせてもらった。このさきずっと、志摩の糧《かて》になるだろうものをもらった。

(もう、これでじゅうぶんだ……)

これが最後になろうと、文句は言うまい。

いや、最後でいいのだ。これ以上、気持ちを乱されるのはごめんだ。

(俺は、平凡な日々に戻る……。あんたは、国を背負っていけ)

心で告げて、志摩はそっとベッドを抜け出した。

シャワーを浴びて汗だけは落としたいと、身体の節々がぎしぎしと軋むのを我慢しながら、あちこちのドアを開けて、ようやく見つけたバスルームは、思ったとおり、やたらだだっ広くて、サウナもあれば、シャワーブースもまた別になっている。

「あんまりこういう贅沢には、慣れたくないな」

いや、これは贅沢という範《はん》ちゅうで語れるものではない。世界でも、ひと握りのＶＩＰだけが味わえる、特別なサービス。それを、性欲を満たすためだけに使ったのだから、奢侈《しゃし》淫佚《いんいつ》とでも表現すべきだろうか。

シャワーを浴びて、バスローブ姿で出てきた志摩は、勝手にそのへんにあるクロゼットを探ってみる。こんなことだろうとは思っていたが、志摩の趣味のイタリアンブランドのスーツやシャツが、ずらりと並んでいる。

どれもアスラーンには小さすぎるサイズだから、情事の翌日の着替えにと、志摩のために用意されたものだろう。下着や靴下まできっちりそろっていて、誰が用意したのやら、と苦笑を隠せない。ありがたく使わせてもらおうと、身支度をはじめる。

シャツのボタンを留めはじめたとき、背後のベッドの中で、もぞりとお昼寝のまっ最中だったライオンが動く気配がした。

「なんだ、もう着替えているのか？」

いつもより掠れた声に問われて、志摩はちらと振り返る。

「俺には仕事があるんでね。そうでなくても、一カ月近くも休んだんだから、よくクビにならないと感心とするくらいだ」

だが、そのあたりのことは、どうせアスラーンの命で、誰かが動いてくれたのだろう。

「だが、もう昼になるぞ」

「編集ってのは、昼から出社するんだよ。作家は夜型が多いからね」

「私を置いていくのか？」

甘ったれた声に呆れながら、志摩は身体ごと振り返って、問いかける。

「あんた、公務は？」

「夕方から何か入っているらしい。晩餐会《ばんさんかい》の類だろうが」

「だったら、それまでちゃんと寝てな。昨夜だってそんなに寝てないんだから。いくら体力自慢でも、そのうち倒れるぞ」

「心配してくれるのか？」

「ふん。社交辞令って言葉、知ってる？　俺の口から出る大半は、それだと思いなよ」

実際、志摩はそういう男だった。

この三十年、うそ八百、舌先三寸で世を渡ってきた。そのことを悔いたこともないし、これからも清廉潔白《せいれんけっぱく》にも真正直にもなれそうもない。

それでも、いままでのように、自分をうそで固めて生きることはしたくないと思う。

また何かが書きたくなっても、八神からアイデアをいただくようなまねはやめよう。自分の能力を精一杯出しきって、それで通用しなければ、それだけのこと。

いまは担当として、若い作家を育てたいと、感じている。

彼らの迷いが志摩にはわかる。ほんのちょっと文章が書ける程度で、作家を夢見てしまう気持ちが、同じほどに凡人だった志摩にはわかる。知識だけなら作家より豊かな読者もいる。だが、書き手と読み手のあいだには、決定的な違いがある。

書こう、と思った瞬間に、人は作家としての道を歩みはじめるのだ。

楽しくてはじめたはずなのに、いつの間にか嫉妬や羨望に囚われ、五里霧中で歩き回ったあげく、疲れ果てて倒れ、地を這う惨めさを味わって……。

でも、ある瞬間に、それまで知らなかった感覚を味わうことがある。

何かを見つけたと、何かを手に入れたと、心震える達成感に満たされる。

だからこそ、人は書くのだ。

「じゃあ、俺は行くよ。おとなしく寝てな」

ベッドに歩み寄って、アスラーンの唇に別れのキスを送る。

たぶん、これが最後のキスだ。

だが、相手は志摩ほど潔くはないらしく、すぐさま髪に手が触れてきた。

（おい、またかよ……）

呆れている間にも強く引き寄せられて、触れるだけだった口づけが、一気に深くなる。

まったく精力絶倫というか、欲望満々というか、足りるということを知らない男だ。

子供のように、何もかも欲しがる。その無邪気なまでの強欲さが、そこそこの場所で生きてきた志摩には、無性に引っぱたいてやりたいほど鬱陶しく感じられるときがある。

純粋さは、ときに罪だ。それを持たずにいる人間にとっては、眩しすぎる宝だから。

「もう、いいかげんにしろ」

腕を突っ張らせるようにして、アスラーンの口づけから逃れる。琥珀色の双眸を睨みながら、今度こそ、未練なく言い放つ。

「俺は行く。これで終わりだ」

「そうか。では、行くがいい。もう引き止めぬ」

だが、逡巡もなく言われてしまうと、それはそれで傷つくものなのだ。

ぎりり、と胸の中心を何かで抉られたような気がした。鋭い爪ではなく、なまくらな刃物で、それゆえに、ひどく痕が残るようなもので斬りつけられたような、永遠に続く痛み。

(勝手だな、俺も……。自分から終わりだと言っておいて……)

志摩は、まだ唾液の跡を残した唇を、ぐいと手のひらで拭って立ち上がった。

踵《きびす》を返した瞬間、背後から問いかけてきた、声。

「で、次はいつにする?」

いつものアスラーンの口調だ。傲慢で、身勝手で、余裕たっぷりで、他人の話を聞かない。

(次!? 次だってぇぇ――……?)

志摩は、ぶんと振り返るなり、叫んだ。

「次なんかないっ! これが最後だ! オールオーバー、これっきりだっ!」

いまさっき受けたばかりの痛みを、そのまま怒声に込めてぶつけてやった。

だが、全身全霊で投げつけたそれを、アスラーンは軽々と指先一本で撥《は》ね返してしまう。

「これっきりは、困るだろう」

「な、なんでっ？」

「それを私に訊くか？　私ではなく、おまえが困るはず」

「俺ー？　俺はぜんぜん困りませんが。暑苦しい獅子王から解放されて、清々《せいせい》するだけで」

「だが、私を愛しているのだろう。身も心も私を欲しているのに、どうして最後になどできる。放っておかれて、拗ねているのか？　だが、それは大人げないぞ。私も忙しい身だ」

「わかってる！　あんたはスルターンなんだから、国民のことだけ考えてりゃいいんだ。いいか、よく聞け。耳の穴をかっぽじってようく聞け！」

一拍の間を置いて、息を呑んでから、志摩は明確に告げた。

「俺とあんたのあいだに、愛はない！　微塵《みじん》もないっ！」

今度こそ聞こえただろう、と睨みつけながら。

アスラーンは、一瞬ぽかんとして、そしてすぐに破顔した。

「ふふ……。照れ屋さんだな。そんなに素直になるのが恥ずかしいのか？　可愛いやつだ」

瞬間、志摩は、ぐらりと目眩を感じた。

気のせいか、天井が回っているように感じる。

身体が脱力して、足元もひどく覚束なく、その場に立っているのもおっくうになってくる。

「俺は、本気で言ってるんだっ！　あんたとの関係はこれっきりだって……二度と会う気はない。それ以前に、あんたの頭の中にいる俺は、俺じゃねーから。可愛いって、誰のことだ？　俺のどこが可愛いって？」

「そら、そうやってムキになるあたりが、可愛いというのだ」

「違うぅぅ……！」

両手を握り締めて、志摩は唸る。

（誰かこいつに、まっとうな日本語を教えてやってくれ……！）

いや、同じ日本語を話しているとの思い込みが、そもそも間違っているのだ。

アスラーンの耳には、何もかもが自分につごうよく変換されて聞こえているのだ。ここは感情論に走ってはだめだ。スルターンとしての理性に訴えかけるのだ、と志摩は必死に考える。

「いいか、よく考えてくれよ。あんたはバハール首長国のスルターンとして、果たすべき義務がある。呑気に恋愛なんかしてる場合じゃないぞ。俺なら、恋より国！　って態度のほうが、ずっと凜々しいと思うし、魅かれもするな」

「……むっ……」

目覚めて初めて、アスラーンの顔から笑みが消えた。眉を寄せて、何やら考え込むような表情をする。やはりこの策戦しかない、と志摩はたたみかける。

「俺だって、仕事を辞めようとは思わない。男は仕事に生きなきゃダメだろう。——世の中には遠恋で悩んでるゲイカップルは、普通にいると思うけど、俺とあんたのあいだには、ドバイまでの直行便でさえ十一時間あまり、さらに陸路で三時間以上の距離が横たわってる。はんぱな距離じゃない。スルターン・アスラーンともあろう男が、公務を放ってまで、男の尻を追いかけてるなんて、国民が知ったらどう思う?」

国民の気持ちを考えはじめたアスラーンの表情が、強張っていく。

「……そうか。そこまで、私の立場を考えてくれるのか」

ぽつり、と漏れた言葉の神妙さに、後ろめたさを感じるほどに。

だが、それこそが、本物のスルターンである証。

このさきも、国に命を懸ける男の覚悟。

「わかるだろう。俺だってつらい……。けど、あんたを国から離すわけにはいかない。俺は偉大なる獅子王の治世を、この目で見たいんだ」

悪いとは思うが、その気持ちを利用させてもらう、と志摩は心を鬼にして告げる。

たっぷり傷心の演技で、ふたりはしょせん結ばれぬ運命、と強調する。

「あんたは、俺なんかが捕まえておける男じゃない。孤高の獅子王でないと……」

「では、おまえが来ればいいのだ。——ドバイ経由ではなく、自家用《プライベート》ジェットで直行すればいい。日本に戻るときに、サイードが使わせたはずだ。あれを週末ごとに迎えに出そう」

だが、戦局はあっという間にひっくり返った。

「……は……？」

アスラーンが深刻な顔で考え込んでいたのは、日本とバハール首長国の距離をどうやって縮めるか、についてだったようだ。

「だが、遠距離恋愛になることに悩んでいたとは、だからおまえは可愛いのだよ。私は距離など気にせぬ。どれほど遠くにあろうとも、我が愛はおまえのもの。——天上の宮殿《ジャンナ・アル・カスル》にいたときも、頻繁《ひんぱん》に会えたわけではない。それを思えば、週末におまえが通ってくれるのなら、じゅうぶんだ。たまの逢瀬《おうせ》だからこそ、よけいに燃えるのだし」

「い、いや……。俺、毎週往復なんて、無理だから……」

「ああ、そうだな。互いに忙しい身だ。毎週とは言わぬ。月に二度ほどでどうだ？　有休を利用して、金曜か月曜に休みをとれば、たっぷり三日はいっしょにすごせるぞ」

「三日……？」

「それに、編集としての仕事も大事かもしれないが、おまえには自分の小説を書く時間も必要なはず。ときには長期休暇をとって、あちらで執筆すればいい。邪魔など入らず専念できるぞ」

うそだ！　と志摩は心の底から叫びたかった。

何より目の前の男こそが、最大の邪魔者になるはず。

志摩がどれほど執筆に没頭していようと、いったん恋人同士だと認識してしまった以上、おとなしく指を咥えて待っていてくれるはずがない。

そして、アスラーンの頭の中では、もうすっかりふたりはラブラブになっているのだ。遠恋を真剣に悩むほどに、志摩もアスラーンを想っていると。

（ま、待て……？　どこでどうしてそんな勘違いが生まれた……？）

自分の説得のどこに間違いがあったのか、と志摩は呆然とその場に立ち尽くす。

「私もたまには会いに来られる。日本はいい顧客だからな。何より、これほどまでに私を慕ってくれる恋人を放っておくことなど、私にはできぬ」

いや、そこまで慕ってなんかいませんけど、と呆然とする志摩を、アスラーンの腕が引き寄せていく。脱力状態のままベッドに腰を落とし、最後の抵抗を試みる。

「あ、あのっ……、けど、あんたはいずれ結婚するんだし。――スルターンなら、跡継ぎが必要なんだから、俺なんか相手にしてちゃ……」

そっと耳朶に触れてきた唇が、甘くささやく。

「優しいな。私の心配ばかりだ。だから、離せなくなる」

肩から腰に下りてきた手は、すでに淫靡な気配を漂わせている。

「心配はいらぬ。私に息子は期待されておらん。ネシャートとも女の子しかできなかったし、他の恋人とも子はできなかった」

「え？　だってそれは、できないようにしてたんじゃ……」

「気をつけたおかげで、言い訳になる。私の子種は脆弱《ぜいじゃく》なのだと。王族ゆえの近親婚の結果かもしれぬ。――だが、父上は色々と問題はあった方だが、少なくともスルターンとして、もっとも重要な義務だけは果たしてくだされた。子をなすことだ。弟が八人もいる。そのひとりを皇太子に立てればいいだけのこと」

王家が絶えないのは、めでたいことだが、少しばかり反論したい気分になる。

（あんたの子種は脆弱なんかじゃない！　たっぷり濃厚、精子がありあまってる！　八人の弟たちにだって、将来を選ぶ自由はあるだろうし、やっぱりあんたが結婚して、頑張るのが、すべてが丸くおまさる方法じゃないか？）

必死に逃げ口上を考えるが、何を言ってもアスラーンに通じるとは思えない。

この男の突拍子もない思考回路は、特別だ。天上天下《てんじょうてんげ》唯我独尊として生まれ、それを微塵も疑わずに信じている。自らの行いに後悔もしない。確信犯でほんのときたま奇妙なことをするが、謝罪をすることには、ためらいがない。

つまり、どれほど説得しようと、応じさせるのは無理ということだ。

「弟たちは、みな優秀だ。すでに五人は結婚して男子をもうけている。バハール首長国の将来は安泰《あんたい》だ。私は、彼らに続く道を敷けばいいだけのこと」

せっかく着替えたというのに、スラックス越しに尻を撫で回されるだけで、背筋に妖しい痺れが這い上がってくる。

どうやらまだやり足りないらしい——アスラーンではなく、志摩の身体のほうが。欲しがっている。求めている。この男でなければだめなのだ、と。

「私は、おまえだけでいい。我が永遠の恋人よ」

耳朶をなぶる甘やかなささやきが、心までがじんと染み入ってくる。そのまま、ぬめった感触がずれて、再び唇に戻ってくる。

仕事に行かねばならないのに。絡みあう舌が、離れる気配はない。

(身体の相性はいいけど、気持ちの相性は最悪なのに……)

同じ日本語を話していても、どうやってもすれ違う。アスラーンは聞く耳を持たず。志摩は素直になりきれない。だからこそ、無理にでも引っ張っていく相手のほうがいいのかもしれないが。

(でも、俺とこいつのあいだに、愛はないぞ……!)

そうやって、自分に言い聞かせる。意地でも、最後の砦《とりで》だけは守る。

もしかして、果てしなく愛に近い感情かもしれないが……。

そのあと、アスラーン流に言えば愛を確かめあい、志摩流に言えば散々に弄《もてあそ》ばれて、会社にたどりついたのは、陽が西に傾きはじめるころだった。

ただでさえ、昨日のとんでもない騒ぎは、すでに会社中の噂になっているはず。そのあげくの重役出勤にしても遅すぎるほどとなれば、何を言われるかわかったものではない。

さすがの志摩も肩を丸めて受付を通りすぎ、廊下で顔見知りと愛想笑いだけの挨拶を交わし、びくびくしながらミステリー書籍部門へと入っていく。

「おう、遅かったな志摩。編集長が呼んでるぞ」

何事もなかったかのように、先輩編集に声をかけられて、ひどく奇妙な予感に襲われる。デスクに陣どった編集長は、覚えのない志摩名義の稟議書《りんぎしょ》を、ひらひらさせている。

「来たか、志摩。例のおまえの海外出張の件だが、上からOKをもらったから。社費で取材旅行とはね。ま、頑張れや。いい仕事しろよ」

例の海外出張ってなんですか?

俺、そんな稟議書、書いた覚えもないんですが。

それでもって、なんで誰も昨日のことに突っ込んでこないんですか?

頭の中は、疑問のメリーゴーラウンドだ。ぐるぐるぐるぐる、自問自答が駆け巡る。

押しつけがましい愛情の持ち主の、恋人に肩身の狭い思いをさせまいとのよけいなお節介で、社員全員に箝口令《かんこうれい》が敷かれているとは、知るよしもない志摩だった。

――おわり――

お持《も》ち帰《かえ》り
剣解
原作 あさぎり夕
何で俺は
こんなところで
こんなことを
してるんだ?
何で
こんな野郎と…
志摩《しま》…
…ふ…
久しぶりのせいか
感じやすいな
もう興奮している
興奮じゃなく
怒ってるんだ!

そう拗《す》ねるな
多忙な身を押して わざわざ迎えに来て やったのだぞ
拗ねてない! 来てほしくない!
だいたい何が一番 いやかって ここが宮殿でもなく シークレットフロアの 一室でもなく…
自家用《プライベート》ジェットの 中ってことだ
絨毯敷くな カーテン垂らすな 紋様もいらん!

陛下
この先
乱気流が
あるとのこと
お戯れは
ほどほどに
わ…
わーコ！
何？
では
私の可愛い子羊が
怖がらぬよう
乱気流…
なら座席に
つかないと
気流の乱れなど
感じられぬほどに
揺さぶってやろうぞ！

う…わぁぁぁ──っ…！
バ…バカ…
シートベルト締めろよ…！
シートベルトより
安全堅固な
アスラーンの腕だった
the End

嫉妬深いアミール

新宿《しんじゅく》の超高層ビル群を遙かに望める高台に、アーバンリゾートを売りにするラグジュアリーホテル『グランドオーシャンシップ東京』は、数々の著名人の秘密をその身に内在しながら、今日も悠然と建っている。

その最上階付近に、直通エレベーターでしか行くことのできないＶＩＰ御用達《ごようたし》の、シークレットフロアはあった。

外国の要人やハリウッドスター、世界的な企業家など、選ばれたセレブだけが宿泊を許される、一泊二百万ともいわれる絢爛豪華《けんらんごうか》なフロア。

その一角に、日本であって日本ではない部屋がある。

中東の小国、バハール首長国の大使館として厳重なセキュリティに守られたそこで、アミール・サイードは、悩むときの癖で、自らの正式名を呪文のようにつぶやきながら歩き回っていた。

「さあ、どうするか？　アブー・ナフル・サイード・イブン・ナジャー・イブン・ファリド・アル＝カマルよ」

アラブ社会には苗字がなく、子や父の名前、一族の名を列記するのが基本である。

ゆえに彼の正式名は、アル＝カマル部族の、ファリドの息子の、ナジャーの息子で、ナフルの父であるサイード……という意味になる。

だが、べつにこの長すぎる名前をどうにかしたいと考え込んで、檻《おり》の中の熊さん状態になっているわけではない。そんなものは省略すればすむことだ。

彼の目下の悩みは、恋人である森村蛍《もりむらけい》のことだった。

このホテルのフロントフロアに入っているフラワーショップ『MARIKA《マリカ》』の店長でもある恋人は、最近とみに忙しい。以前はシークレットフロアのフラワーアレンジメントがメインだったのだが、当ホテルのオーナーである白波瀬鷹《しらはせたか》に見込まれて、一店舗を任されたからには、相応の仕事をしたいと張りきっている。

花屋というあたりが、いまいち男らしさに欠けるものの、もともと真性のゲイで、美しいもの大好きの蛍だから、似合いといえば似合いの職業ではある。

サイードとて、王族の身にあぐらをかいているのをよしとせず、駐日大使としての職務の傍《かたわ》ら、日本の優良企業との業務提携を次々に推《お》し進めているくらいだから、職種の如何《いかん》を問わず、男が意気地を貫くことには大賛成だ。

賛成だが、それを理由に自分から逃げ回っているとなれば、話は別。

「アミールをなんだと思っているのだ、あいつは」

逃げる相手ほど追いかけたくなるのは、この身に流れる祖先の血のせいだろうかと思う。

月のない暗い夜、息をひそめて隊商《キャラバン》を狙う。

闇を駆け、剣を振るい、欲しいものは力尽くで奪いとる——そうやって生きていたのは、さほど昔の話ではない。

石油の恩恵がなければ、いまも盗賊稼業を続けていたことだろう。王族などと名乗ってはいても、戦いを好む一族の本能は、自分のうちに確かに息づいているのだ。

蛍が逃げれば逃げるほど、追いかけたくなる。

縛りつけたくなる。この腕の中に閉じ込めたくなる。

こんな苛立《いらだ》ちにも似た独占欲が自分にあるなど、二十二のこの歳まで気づきもしなかった。

王子と生まれたからには、国に尽くすのが当然。一族の誇りを持って民を率いていくためには、自らの望みなど些末なこと——そう教えられて育ってきた。

いや、それ以前に、望みがあったのかも定かではない。

だが、いまは違う。

唯一の愛しい恋人がいる。

大和撫子《やまとなでしこ》という言葉を連想するような、花の香りにも似た優しさをまとわせるふたつ年上の恋人は、そばにいるだけで心を安らかにさせてくれる。

そのぶん自分は、妙に甘えたがりの我が儘《まま》っ子になってしまったが、それを悪いとは毛ほども思わない。常に大人であれと望まれていた王子が、初めて年相応の若者に戻ることのできる相手を得たのだ。嬉しくないはずがない。

だからこそ手放せない、どんなことがあろうと。

「サイード殿下、森村が参りました」

と、そこに、仰々《ぎょうぎょう》しいSPの声に案内されて、待ち人がやってきた。

日本人にしては色素の薄い茶色の髪を、ショートにきれいに整えたこの男が、サイードの愛する恋人である。

洗濯したての清潔なワイシャツの上に、見慣れた『Flower《フラワー》 MARIKA《マリカ》』のロゴ入りエプロンをつけて、毎日欠かさず新たな花や緑の鉢を手に、この部屋を訪れる。

大使館でもある場に、しおれた花弁など一片たりとも残しておくことはできないと、営業スマイルもにこやかに顔を出す。

「サイード殿下、今日は夏らしい花をお持ちしました」

いくら照れ臭さに逃げを打っても、仕事を怠けることはしない。

そこがまた可愛いだけでなく頼もしくもある、と恋人の欲目で見惚れていたとき、ぱたぱたと軽やかな足音が聞こえてきた。

「ケイ、ケイ！」

可愛い声で蛍をを呼ぶのは、サイードの一人息子、ナフルだ。

「ケイ、その花、日本語でなんて言うの？」

ナフルは子供ならではの無邪気さで、蛍のエプロンに飛びついて問いかける。

「ヒマワリです。なんといっても日本の夏の定番ですから。お部屋が一気に明るくなりますよ」

「ヒマワリか。それも似合うぞ、ケイ」

偉そうな口調で、ナフルが蛍を褒める。六歳にして蛍に恋心を抱いているナフルは、花は部屋を飾るものではなく、蛍を飾るものだと思っている節がある。

「でも、ナフルにだって似合うよ」

蛍は小さめのヒマワリの茎を切って、ピンでナフルのトーブの胸元に留めてやる。

「ほら、元気少年にぴったりの勲章《くんしょう》だ」

「そうか？　ありがとう」

花の勲章をエヘンとひけらかすナフルに向かって、蛍はパチパチと手を叩く。実に微笑ましい図だ。

なのにである。そんな二人のやりとりを、腕組みしながら見ているサイードと視線が合ったとたん、蛍は盛大に顔を赤らめて、目を逸《そ》らしてしまうのだ。

(なるほど。ナフルには勲章で、俺にはその態度か)

まだ六つの息子と張りあうのもどうかと思いはするが、遠慮もなく蛍のエプロンにまとわりついているナフルを見ていると、それは俺のものだ！　と叫びたくなる。

むろん口にはしない。

色々とつらい過去のあるナフルを責めるようなことは、二度としないと決めている。

ナフルはサイードの妻であったライラーが、姦淫の罪を犯して生まれた子供――それも相手はバハールの長であり、サイードの父でもある、スルターン・ナジャーなのだ。

つまり、ナフルはサイードの息子ではなく、腹違いの弟にあたる。

そして、ライラーは、すべての秘密を自分の胸に抱えて、自ら命を絶った。

――私を赦《ゆる》さないで、サイード。

身を投げる刹那《せつな》の悲痛な彼女の訴えは、いまも耳奥に残っている。

ごめんなさい、と微笑みさえ浮かべていた。ひとつも後悔していないの、と。

――私の全部で、あの方を愛することができた……。

唯一の愛に殉《じゅん》ずるために、そしてまた、生まれたばかりのわが子を守るために、神の御許《みもと》に召されたライラーを想えば、いまも胸は痛む。

妻として愛することはできなかったが、妹のように想っていた従姉妹だった。

そんな彼女の最後の願いだから、何があってもナフルは守りとおす。

ライラーは一族でもっとも神聖視される巫女の血族。そして父親はスルターン・ナジャー自身。

この世に存在する者の中で、アル＝カマル一族のもっとも濃い血を受け継ぐがゆえに、その証《あかし》である月《カマル》の力までをも内包してしまった、少年。

それを知られれば、ナフルはスルターン・ナジャーに奪われる。

他人の好悪を匂いとして嗅《か》ぎとってしまう、その不思議な力を持つことを知られれば、ナフルは王にとって、何より貴重な危険探知の機械にされてしまう。

ただ王のそばに侍《はべ》り、その身を守るためだけに存在する――そんな運命を、たった六つの少年に押しつけるわけにはいかない。

それは、ライラーの望みでもなかったはずだ。

そうしてサイードは、愛する故国に別れを告げ、こんな遠い異国にまでナフルとともに逃げてきた。ようやくこれで誰にも知られずにすむと、少しばかり安堵《あんど》していたのに、それをわざわざ蛍に告白してしまった。

墓場まで持っていく覚悟でいた秘密――だが、それゆえに自分の胸のうちにだけおさめておくには重すぎて、誰かに支えてほしかったのかもしれない。

ともにナフルの秘密を守っていく者を、求めていたのかもしれない。

そして、ようやく心を許せる相手を見つけたと思ったのに。

なのに当の蛍が、両想いになったにもかかわらず、この素っ気なさである。

恥ずかしいから、というのが蛍の言いぶんだが、ラブラブの恋人同士が愛しあうのに恥ずかしいも何もなかろうが、というのが、傲慢《ごうまん》、不遜、唯我独尊《ゆいがどくそん》を絵に描いたようなサイードの堂々の主張だった。

――だって俺、しがない花屋だし、ゲイだし、サイードは王子《アミール》で身分違いもはなはだしいし。

などという蛍の、いわゆる日本人的奥ゆかしさプラス真性ゲイゆえの不安など、ふん、と鼻息ひとつで吹き飛ばし、いやだというなら囲ってやると、脅しどころか本当に鎖で繋いで毎夜ベッドに侍らせるくらいのことは、いったんぶち切れたら実力行使しかねないほど嫉妬《しっと》深いのだと、最近になって気がついた。気づかされた。

いつまでたっても素直に甘えてこない恋人を、どうしたら朝から晩まで弄《いじ》り回して猫可愛がりできるのか。

そんな超くだらない悩みで今日も悶々《もんもん》としている、アミール・サイードだった。

まさに、恋に溺《おぼ》れた大バカ者である。

「ケイ、ボク、ルークと遊びにいってくるから、いってらっしゃいのキスして」

まだ六つでありながら、蛍をお嫁さんにする宣言をしているおませなナフルにせがまれて、蛍は微笑みながら頬にキスを送る。

とたんに、サイードの眦《まなじり》がギッとつり上がる。

小悪魔ナフルはちらと振り返ると、へっへーザマアミロ、と父親に向かって舌を出し、ペットのライオンを連れて、るんるん気分で遊びにいってしまった。

（あのくそガキ！　どんどん小生意気になってくる）

自分の息子――実際には弟なのだが――どちらにしてもサイードが庇護《ひご》してやらねばならない子供を相手に、本気でムカつくのも、あまりに大人げなさすぎるとはわかっていても、どうにもならないのが、恋なのだ。

それを知っていて煽るナフルは、少々でなく小憎たらしい子供だし。

蛍にしても、恋人の苛立ちをわかっていながら、ナフルには甘すぎる。

だから、ひとり残された蛍が、サイードの嫉妬に満ち満ちた視線を一身に浴びる羽目になっても、それは自業自得というものだ。

「な、なんか、目が怖いんですけど……」

じりっと後退る蛍の態度が、さらにサイードの神経に障《さわ》る。

「ナフルには昼間っからキスをするくせに、俺からは逃げ回ってばかりか？」

サイードは大きなストライドで歩み寄り、逃げようとする獲物を、さっさと腕の中に閉じ込めてしまう。

「だ、だって、ナフルは子供だし、キスっても頬だし……俺に甘えるのも、母親を慕うようなものなんだから」

おどおどとさまよう蛍の視線を、うなじを手のひらで押さえて、一点にとどめる。

「母親だと？　ナフルがおまえをライラーの身代わりにしていると、本気で思っているのか」

「けど、前に遊園地に行ったとき、両親と手を繋いでいた子供を羨《うらや》ましそうに見てたじゃないですか。サイードはお父さん、俺はお母さんって――まだまだ両親が恋しい歳なんですよ」

「バカかっ！　ナフルは毎日のように、おまえを嫁にする宣言をしてるじゃないか！」

あまりに危機感皆無の言いぶんに、サイードは思わず知らず、怒声をあげていた。

瞬間、びくと震える身体が愛おしくて、無性にむしゃぶりつきたくなる。

「だから、それは子供心のあこがれっていうか。だいたいナフルが十六になったとき、俺は三十四ですよ。どう考えたって恋愛対象にはならないって……」

「十六になったら……って？　そうか、十年待つとか約束していたんだったな」

「十年もすれば、いやでも目が覚めますって。俺もいい歳のおっさんになってるし、ナフルにも可愛い恋人ができて、って——あ——な、何っ……!?」

驚愕の声をあげる蛍を、サイードは有無を言わさず肩に担ぎ上げる。

「ちょ、ちょっと……下ろしてってばー！」

「だめだ。お灸《きゅう》をすえてやらねば気がすまぬ」

十年だって？　とサイードは心で毒づく。

たった十年であきらめるタマか、あのナフルが。

アル＝カマル一族の王者の血を、自分以上に色濃く受け継ぐナフルが、実は最大のライバルであることを、サイードはしっかり気づいて、牽制《けんせい》してきた。

してきたつもりだったが、当の蛍がこれほど子供に甘々では、言葉だけでの忠告など効き目はないと確信した。

まだ昼間である。蛍は仕事中である。サイードは夜に会食の予定がある。だが、そんなものはキャンセルすればいいだけだ。王子からの断りを聞き入れない相手に用はない、と勝手な理屈で今夜のスケジュールを決めると、サイードは蛍を寝室へと連れ込んだ。

「ま、待って……落ち着いてください！　いきなりこれはないでしょう！」

ベッドに押し倒された蛍が、慌てて訴える。

「いきなりでもなければ逃げるだろう、おまえは。だいたい、そのよそよそしい敬語はなんだ」

「だって、いまは仕事中だから……」

「それがなんだ？　いっそ本当に隠語のほうの『花売り』を仕事にするか？　むろん俺専属のだがな」

「なっ……!?」

バハールで『花売り』とは、売春を意味する隠語だ。

以前は蛍を貶《おとし》めるために、わざとその言葉を使ったこともあるが、それはあまりに非礼にすぎたと、サイードも大いに反省した。

いまとなっては、侮辱《ぶじょく》の意味など含めてはいない。サイードもナフルも、隠語ではない本当の意味の花売りとしての蛍に、心を潤してもらっているのだから。

単に、からかっているだけなのだが、蛍がいちいちご丁寧に羞恥に顔を染めてくれるもので、子供じみているとわかっているのに、ついつい口にしてしまう。

「花として買って、それで俺のものになるなら、いくらでも金銀財宝を積んでやるのだが」

蛍には妙な妄想癖がある。想像力が旺盛なのだろうが。

アラブの後宮に金の鎖で囚われる性奴が夢らしいのだが、なんとも理解不能な感覚だ。

事実アラブのアミールであるサイードにとって、本当に蛍がそれを望むなら、不可能ではないのだが。そんな方法で人を捕《と》らえても、自分は少しも満足しないだろうことはわかっているから、その代わりに、情熱込めて濃厚な口づけを送る。

ねっとりと舌を絡ませ、花よりも甘い蛍の蜜をたっぷりと味わうあいだにも、蛍のエプロンを外しシャツの前を開き、ぷっちりと膨《ふく》らんだ尖りを指の腹で摘《つま》む。

真性ゲイだけあって、そこがひどく感じやすいらしく、こりこりと転がすだけで、口腔《こうこう》内で蛍の舌がひくつく。

「ん……ダメ、仕事中なのにぃ……」

あらがいの言葉さえも、とろけるような睦言《むつごと》となって、サイードの鼓膜をくすぐる。

男の喘ぎ声にこんなに煽られる日がくるとは、思ってもいなかった。

敏感すぎる身体はサイードの愛撫に柔らかくとけ、あっという間に熱を持っていく。

サイードが邪魔なクフィーヤやトーブを脱ぎ捨てて、砂漠の民特有の陽に焼けた肌をひけらかすころには、蛍の唇もひっきりなしに漏れる吐息をこらえられなくなっている。

汗の浮いたなめらかな肌も、熱っぽい視線も、唾液に濡れて赤く光る唇も、何もかもがサイードの欲情を煽り、そしてまた、苛立たせる。

従順に快感を貪る身体は、否応なしに過去の経験を見せつけてくれるから。

——男同士は出会いが少ないんでね。少々相手が横暴だろうが、楽しめるチャンスは逃さないんだ。

出会ったころ、そんなはすっぱな物言いで、サイードを誘惑してきたことがあった。

普段は清涼感のある、物腰柔らかなタイプの蛍だが、いったんことにおよべば、一気に色香を増す。キスだけでなく、口淫も本番も、どんな女より巧みにサイードを恍惚《こうこつ》の高処へと追い上げていくのだ。

それが嬉しくて、それが悔しい。

蛍の身体を開発した男たちに無意味な嫉妬を向けて、よけいに乱暴に抱いてしまう。

それがなければ、二人がこんな関係になることもなかったのだが——わかっているのに、蛍と肌を合わせると、理性が飛ぶ。

本能だけの生きものになってしまう。

まったく、これでは癇癪《かんしゃく》持ちの子供と同じだ。

いったい何人の男がこの身体を味わったのだろう、と桜色に上気していく肌の美しさに目を瞠《みは》りながら、サイードは思う。

どうして自分は二歳も年下なのか。もっと包容力のある大人の男になって、蛍が何も知らないころに出会って、最初からすべてをやり直したい。

などと、ありえないことを考えてしまうほどに、苛立ちはつのっていくばかり。

一方で、いまは自分だけのものだと思えば、それだけで下半身に妖しい熱が溜まってくる。

身のうちからドクドクと湧き上がってくるそれに、目眩がするほどの興奮を覚えながら、蛍の両脚を大きく割り開き、サイードは強引に腰を進めていく。

「くそっ……！　今日は我慢がきかない！」

普段だって我慢などしていないのに、まるで夢中になっているのはいまだけのような言いざまをして、サイードは乱暴な侵入を開始した。

しっとりと潤んで柔らかく、温かく、それでいてきついほどの締めつけで、サイードを快感の高処へと導いてくれる場所へと。そうしてすべてをおさめきると、恋人の甘やかな嬌声《きょうせい》を聞きながら、サイードもまた恍惚の息を吐く。

「ああ、これだ……」

日本に来ていちばん不快だったのは、湿度の高さだ。

どろりと肌にまといつくような湿気は、バハールには縁のないもので、それがアラブの誇りを腐らせる。空調の整えられた室内にいてさえ、窓の外に見える灰色の空がひどく鬱陶《うっとう》しい。

なのに、こうして蛍と身体を重ねているときだけ、湿気は汗と同化して、砂漠の熱気を思い出させてくれる。

オイルマネーで潤い、伝統と近代化を調和させ美しく保たれたバハール首長国の首都ではなく、その周囲に千年前と変わらぬ姿で広がる荒涼とした砂漠こそが、彼の故郷だ。

アル＝カマル一族の細胞に刻み込まれた、熱砂の感触と、灼けた風の匂い――このじっとりとして鬱陶しい国で、蛍の中にいるときだけ、サイードの心は砂漠に帰る。

「ん、あっ、ああ…っ！　で、殿下っ……」

妖しい腰のうねりで、すばらしい締めつけで、陶然と溢れる喘ぎ声で、サイードの野性を揺さぶる者。

「名を呼べ」

ずんずん、と容赦なく腰を振るって奥を突けば、歓喜に身悶《みもだ》えるそこは、さらに体温を上げていく。熱くとろけて、痛いほどの締めつけでサイードを弄《もてあそ》ぶ。

「んっ、んんっ……！　あっ、サ、サイード……」

「もっとだ……！」

「あ、ああっ……、サイード……！」

求めれば求めただけ、応えてくれる。

間違いなく男の声なのに、それが心地いい。

性格はウェットなくせに、セックスはすばらしくホットだ。

激しく、貪欲に、従順に、男から与えられる快感をてらいもなく味わい尽くそうとする。

それらすべてが、サイードがいまも心に抱く砂漠の原風景を、思い起こさせる。

「……蛍……！」

砂嵐に巻かれ、熱波に灼かれ、ようやくたどりついた水場で、喉を潤す水――その甘露《かんろ》な味わいこそが、蛍だ。だから求めずにいられない。蠢《うごめ》く腰が止まらない。

「もっとだ、蛍……、もっと私を求めよ！」

「ん、ふぅっ！　バ、バカぁ……。これ以上、どうやって……」

夢中になればいいのか、と蛍はぐずるように訴えながら、両手足をサイードの黒豹のような逞《たくま》しい身体に、そして太い首へと、絡めてくる。

いっそ貧弱なほどに細い肢体のどこにこれほどの情動が隠されているのか不思議になるほどに、淫らな行為に没頭する蛍は、飽くことを知らない。サイードの腰を逃がすまいと、巻きついてくる両脚の力強さに応えるために、抽送《ちゅうそう》を速めていけば、ひっきりなしの喘ぎと粘着質な水音が、ひどく耳について、よけいに二人の情欲を煽っていく。

何度も身体を繋ぎながら、未だに抱き潰したことはない。

限界を知らない。

果てが見えない。

上り詰めた高処のさきにどれほどの快楽があるのか、見当もつかない。

それどころか、行きつくことができるのかさえわからない。だから、蛍はサイードにとっての砂漠なのだ。一度は捨てて、二度と帰ることはないと誓った場所。

それを再び手に入れた。一度は故国を離れること遙かに遠い、アジアの極東の島国で。

「サイード……、んっ、もっとぉ……」

自ら唇を求めてくる蛍に、存分に舌を絡め返す。

上も下も繋がって、リネンの海の中、滴《したた》る汗を弾かせながら律動を深めれば、ぐちゅぐちゅと淫蕩《いんとう》な水音が、アラベスク模様の部屋に散っていく。

こんなにも情熱的に、自分を求めてくれた者はいなかった。王子だからではなく、生来《せいらい》の俺様根性が好きなのだと、サイードからしてみれば、もっとも欠点に思える部分を、それこそが望みだったと嬉々《きき》として受け入れる。

「ああ、すごいぞ。中が……勝手にうねっている」

「や、ああっ……、言わないでぇ……！」

恥じらい身悶えるたびに、いっそう強く締めつけられて、蛍にはどんな羞恥も、快感を増幅させるスパイスにしかならないのだと思い知らされる。

何度抱いても、そのたびごとにサイードを翻弄《ほんろう》する男の妄想の中、いまはどんな情景が広がっているのだろう。

砂漠の競《せ》り市で、あられもなく商品の価値を試されている奴隷の身だろうか。

それとも後宮《ハレム》の寝所で調教される、一介のサラリーマンだろうか。

——ああ、なんでこんなことに？

と、自らの運命を嘆きながらも、与えられる快感に溺れていく淫乱な身体。

そんな奇妙な妄想に頼らなければならないほど、ふたりともに枯れてはいない。倦怠《けんたい》感などという言葉も、まだ遙かに遠い。

「俺にだけ、夢中になれ……！」

傲然とサイードは命じる。頭の中にあるよけいなものをすべて排除して、いま抱きあっている男にだけ感じろと、ぎっちりと繋がったままの腰を押さえて、細い身体を容赦なく前後に揺さぶり続ける。

「……ひ……あっ？　そんっ、奥……」

「くっ、いいぞ。もっと締めろ……！」

「んっ……、や、ああっ——…！」

感極まった悲鳴を耳に拾って、サイードもまた身を震わせ、駆け上がる。ただれたように甘い官能の中を、放出へと向かって。

どくん、と下腹部が大きく波打って、身のうちから湧き上がってくるものを、もうこらえることもできず、勝手に散れとばかりに解き放つ。

蛍の中へ、届くかぎりもっとも深いところへ、叩きつけるように。

びしゃっ、と音がするかと思うほど激しい吐精の開放感が、波のように全身を包む。

「ああ……」

放出の心地よさを味わいながら小刻みに腰を振るえば、その感触を受けとった蛍の身体もまた、一気に絶頂を迎えてシーツの上でびくびくと飛び跳ねる。触れてもいない性器が痙攣《けいれん》し、白濁した体液を勢いよく吐き出す。それがサイードの腹へと散ってくる。

ねっとりと肌を濡らす恋人の精液を感じてニヤつく自分は、そうとうにいかれているなと思いながら、やられてばかりはいられないと、たっぷりと潤って滑りのよくなった場所を、再び掻き回しはじめる。

まだすっかり放ちきっていない蛍があげる嬌声を聞きながら、今夜はとことん試してみようか、と埒《らち》もなく思う。

どこまで行けるのか。

どこまで上り詰めることができるのか。

窓の外には、まだ夏の陽射しが眩《まぶ》しく輝いている。

一晩で何回できるだろうか、とろくでもない計算をしているサイードは、まだ二十二歳。

王子であろうが駐日大使であろうが、一皮剝《む》けば、ただの欲求不満の青年でしかないのだ。

ピロロローン……。

どこからか、携帯電話のだろう、メールの着信音が聞こえてくる。

後戯の中で、愛しい恋人をイチャイチャと弄くり回していたサイードは、無粋《ぶすい》な音にムッと顔をしかめる。

「あ、ごめん、俺のだ……」

蛍は仕事の連絡が入るから、どんなときでも携帯の電源を切ったことがない。もぞりと身じろぎはしたが、昼間から少々でなく激しい運動をしたせいで気怠さがさきに立つのか、なかなか動くことができないようだ。

代わりにサイードが、床に放り出してあった蛍のチノパンのポケットへと手を伸ばす。新機種の操作を覚えるのが面倒だからと、使い慣れているガラケーのままだ。

それを開いて、送信相手の名を確認したとたん、サイードは嫉妬に眦をつり上げる。

なんと、蛍の元カレ——いや、初めての相手である、嘉悦利成《かえつとしなり》だった。

「なんであの男がメールを送ってくる？」

「え？　ああ……嘉悦さんか。や、気にしないで。ただの冷やかしだよ。あとでまとめて削除するからさ」

「仕事用とは別に、私用のを持てばいいだけだ」

「……っても、俺、家を飛び出したじゃない。なかよかったやつらとも、そのときに切れちゃったから、私用のを持つ意味がないっていうかー」

ゲイということをカミングアウトしたせいで、家も学生時代の友人も捨てる羽目になってしまった蛍にとって、私的な知り合いは実はそれほど多くはない。

もっとも個人的に恩を感じている女性は、フラワーショップ『ＭＡＲＩＫＡ《マリカ》』の社長だから、仕事用でじゅうぶんなのだ。

「私は私的な相手ではないのか?」

「それはそうだけど……、わざわざひとりのために別な携帯を持つなんて……」

蛍の言い訳を聞くあいだも、サイードは勝手に履歴を見ていく。明らかに過去の男からと思われるメールがいくつか残っていた。

『暇だったら、また遊ぼうね』

『いまフリーなんだ。そっちはどう?』

『元気してる? 今度いっしょに呑もうぜ』

気軽な誘い文句の数々を見ていくうちに、腹の底から煮えたぎるマグマのような熱が湧き上がってくるのを感じて、サイードはガバッと上体を起こすなり、不機嫌丸出しの声で叫ぶ。

「なんだこれは!? また、とはなんだ、またとは!」

「だからー、気にしないでってば。嘉悦さんが、ゲイ仲間に、俺にカレシができたって触れ回ったんだよ。みんな、暇潰しに送ってくるだけだから、相手にしなきゃ……」

バキッ――……!

蛍が言い終わる前に、サイードの手の中で、時代遅れになりかけている折りたたみ式携帯が奇妙な形にひしゃげた。

「えっ……!?」

「おっと、ちょっと力を入れすぎた」

「力入れすぎって……、う、うそっ⁉　こ、顧客の番号がぁっ……！」

蛍は大慌てで、サイードの手から携帯を奪いとる。

とはいえ、どう見ても、もはや修復不可能だ。

「ひ、ひどい……」

「ずいぶん古い機種じゃないか。ガラケーとかいうのか？　代わりに、最新のスマホを贈ってやろう。むろん私用と仕事用のを。私用のには、俺の番号だけ入れておけばいいからな」

「うぅ……、我が儘っ子ぉ……！」

涙目になった蛍を見やりながら、こんな顔をまた可愛いなと思うあたり、やはり自分は虐《いじ》めっ子の素質たっぷりというか——ようは、何はともあれ年上の恋人にメロメロなのだ、と再確認するサイードだった。


——おわり——

あとがき

いつもご愛読くださっている方も、初めましての方も、こんにちは、あさぎり夕です。

雑誌掲載時には、とんでもないところで続きになってしまったのですが、ようやく全編をお送りすることができます。『獅子王の純愛～Mr.シークレットフロア～』です。

さて、このシリーズは、カップルふたりが『グランドオーシャンシップ東京』で出会い、受攻どちらかが共感覚を持っているのがお約束だったのですが、さすがにネタが尽きてきてしまったので、今回はホテルを飛び出して、お初のアラブ世界物になりました。

なんと主役は、コミックバージョン『小説家の戯れなひびき』に登場した、志摩創生です。BLの受って攻より不利な気がして、あんまり悲惨な思いはさせたくないのですが、今回は虐めることにまるでためらいがなかったです。何しろ志摩は、卓斗をいびる役回りでしたからね。

こういう小悪党の精神構造ってこんな感じかなと考えているうちに、性奴まがいに犯されるわ、砂漠をさまようわと、自分比でもっとも惨めな受の誕生となりました。

この男の場合、性格曲がりだし、他人を平気で利用するし、自業自得の部分も多々あるので、少々痛い思いをするくらいの方が人生観が変わるんじゃないかと思ったのですが、結果的にせこい部分はあまり変わっていないあたりが、志摩の志摩たるゆえんでしょう。

そして攻のアスラーンは、身勝手になればなるほど面白くなっていくもので、これまた自分比でもっとも横暴な攻様になってしまいました。大仰ネタは好きなんですが、さすが産油国の権力を笠に着て政府まで動かしてしまうほどの唯我独尊の男は初めてです。でも、アスラーンは一途なタイプなので、志摩は一生大事にしてもらえるはずです。当人にとっては、迷惑極まりないことでしょうが——そこはまあ、志摩ですから（笑）。

アラブが舞台ということもあって、共感覚は、月の力《カマル》などという予言者っぽい設定になっています。アル＝カマル一族では匂いだけが特別な力とされていますが、実はもっと色々な共感覚を持っていて、たぶんアスラーンもなんらかの力があるのでしょう。自信満々な態度も、意識もせずに他人の気持ちを見抜いているからではないかと。それにしても、志摩との会話の通じなさっぷりが、書いていて実に楽しかったです。

このシリーズはコラボということもあって、剣解さんの絵をイメージしながら書いているので、あんまり変な人は出てこなかったのですが、今回は主人公が主人公だけに、めいっぱいはっちゃけてしまいました。読者の皆様にも、楽しんでいただけたら嬉しいです。

コミックバージョン『Mr.シークレットフロア～軍服の恋人～』の発行も予定されていますので、その折には、またどうぞよろしく。

二〇一四年　台風一過の真夏日に　　　　あさぎり　夕

あとがき

本作でも
ありがとうございい
ました！
たくさんの感謝と愛を
込めまして。

志摩さんは コミックス シーズン1のキャラデザの際に
あさぎり先生に気に入っていただき、活躍が決まった
キャラでした。今回は彼の物語で感慨もひとしお
でした。これからは、ぜひ陛下に気の抜けまくった
姿とか、どんどんさらしてほしいです😊

◆初出一覧◆

獅子王の純愛 ~Mr.シークレットフロア~ ／小説b-Boy('14年5月号)掲載

※単行本収録にあたり大量加筆修正しました。

お持ち帰り by剣 解 ／描き下ろし

嫉妬深いアミール ／小説b-Boy('14年1月号)掲載

GRAND OCEAN SHIP TOKYO

あさぎり夕×剣解　衝撃の官能コラボ

Mr.シークレットフロアシリーズ

大好評発売中!

BBN ビーボーイノベルズ ノベルズバージョン

天才小説家の恋の続き

傲慢な八神に振り回されるも、幸せな日々を送る卓斗。だが、八神の秘密が世間に暴露され、破滅へ…?

小説第3弾

天才小説家×新人編集者　コミックバージョン続編

小説家は熱愛を捧ぐ
～Mr.シークレットフロア～

小説:あさぎり夕　イラスト:剣解　定価:850円+税

ノベルズバージョン BBN ビーボーイノベルズ　小説:あさぎり夕　イラスト:剣解

小説 第1弾

花婿を乱す熱い視線
～Mr.シークレットフロア～

一流ホテルのオーナー×美貌のトレーダー

定価:850円+税

小説 第2弾

白い騎士のプロポーズ
～Mr.シークレットフロア～

中欧の貴族×平凡な青年

定価:850円+税

小説 第4弾

誘惑のラストシーン
～Mr.シークレットフロア～

大手出版社の編集長×気の強い小説家

定価:850円+税

(2014年9月現在)

ビーボーイノベルズをお買い上げ
いただきありがとうございます。
この本を読んでのご意見・ご感想
をお待ちしております。

〒162-0825 東京都新宿区神楽坂6-46
ローベル神楽坂ビル5階
リブレ出版㈱内 編集部

リブレ出版WEBサイトでアンケートを受け付けております。
サイトにアクセスし、TOPページの「アンケート」から該当アンケートを選択してください。
ご協力をお待ちしております。

リブレ出版WEBサイト http://www.libre-pub.co.jp

獅子王の純愛 〜Mr.シークレットフロア〜

2014年9月20日 第1刷発行

著者――――あさぎり夕

発行者――――太田歳子
発行所――――リブレ出版 株式会社
〒162-0825
東京都新宿区神楽坂6-46ローベル神楽坂ビル
営業 電話03(3235)7405 FAX03(3235)0342
編集 電話03(3235)0317
印刷所――――株式会社光邦

Printed in Japan
ISBN 978-4-7997-1558-1